CB076513

Copyright © 2025, Luís Antônio Albiero

EDIÇÃO Felipe Damorim e Leonardo Garzaro
ASSISTENTE EDITORIAL André Esteves
ARTE Vinicius Oliveira e Silvia Andrade
REVISÃO E PREPARAÇÃO André Esteves

CONSELHO EDITORIAL
Felipe Damorim
Leonardo Garzaro
Vinicius Oliveira

Dados Internacionais de Catalogação na Publicação (CIP)

A335o
    Albiero, Luís Antônio
    O onomaturgo e outras histórias / Luís Antônio Albiero. –
Santo André-SP: Rua do Sabão, 2025
    124 p.; 14 × 21 cm
    ISBN 978-65-5245-006-7
    1. Conto. 2. Literatura brasileira. I. Albiero, Luís Antônio.
II. Título.

                                              CDD 869.93

Índice para catálogo sistemático:
I. Conto : Literatura brasileira
Elaborada por Bibliotecária Janaina Ramos – CRB-8/9166

[2025] Todos os direitos desta edição reservados à:
Editora Rua do Sabão
Rua da Fonte, 275, sala 62B - 09040-270 - Santo André, SP.

www.editoraruadosabao.com.br
facebook.com/editoraruadosabao
instagram.com/editoraruadosabao
x.com/edit_ruadosabao
youtube.com/editoraruadosabao
pinterest.com/editorarua
tiktok.com/@editoraruadosabao

LUÍS ANTÔNIO ALBIERO

O ONOMATURGO

E OUTRAS HISTÓRIAS

Sumário

A primeira pescaria 7
Conto de São João 15
O locatário 33
O grande amigo imaginário 41
Senso de justiça 45
Traído pelas ondas 53
A parede branca 59
Eu e Deus 69
Fogo que arde 83
Lindo de morrer 89
Assassinatos em série 95
O onomaturgo 103
Os dois Josés 115

A primeira pescaria

A pescaria começava no quintal de casa. Era a fase do cultivo e da caça às minhocas. O tio providenciava que determinado espaço de terra, coisa de um metro quadrado, se tanto, ficasse à sombra. Ele cavoucava e afofava a terra, molhava e fincava alguns pedaços de pau, sobre os quais punha restos de telha de amianto para sombrear a área escolhida. A cada dia, molhava-a como se regasse uma planta delicada, mantendo-a levemente umedecida, e aguardava que as minhocas a povoassem. Alegava que elas prefeririam viver na penumbra, em lugar úmido. "Pensa que é só você que gosta de sombra e água fresca?", dizia o tio ao sobrinho, em tom grave.

O menino mal dormiu à noite. No dia combinado para a pescaria, acordou cedo e correu ao quintal. O sol quarava as roupas que a avó já havia estendido sobre um grande retalho de telha ondulada. No galinheiro ao lado, o galo carijó causava alvoroço pondo as galinhas em pânico e êxtase. Ao fundo, quatro ou cinco corvos esperavam que a avó não tardasse a lançar ao chão, rente ao muro esverdeado pelo musgo sobre o qual se apinhavam, restos de carne crua inaproveitada no preparo do almoço.

Com cautela, o menino cavou o minhocário, ora com as próprias mãos, ora com auxílio de uma pazinha. Recolheu o máximo de anelídeos que pôde e os depositou vivos numa latinha esvaziada de leite em pó, junto com punhados da própria terra.

    Os demais pescadores chegaram no carro de Luisão. Traziam um feixe de varas cujas pontas grossas descansavam sobre o chão do veículo, à direita do motorista, e transpassavam a janela entreaberta. O tio retirou o feixe, abriu a porta, juntou as suas varas, sentou-se no banco da frente e, com jeito, recolocou o conjunto ao seu lado. As pontas finas iam expostas pelo lado de fora, parecendo antenas.

    José e Giral acomodaram-se no banco de trás. O menino tomou assento entre ambos, apreensivo. Era a primeira vez que ia pescar. A experiência o fascinava, mas a presença do tio inspirava mau presságio.

    Após viagem de mais de hora por via asfaltada, Luisão parou o carro ao fim de um breve trecho de terra. Os pescadores desceram do veículo e se prepararam para se embrenhar na mata até alcançar a margem do rio. O tio recomendou que, à falta de botas, o sobrinho enfiasse as barras da calça sob as meias para que estas a prendessem — evitava ataques de insetos e outros bichos hostis.

    O menino vestia uma calça rancheira, a *jeans* de anos depois. No bolso da frente, do lado direito, estava escrito *I love you*, bordado em letra cursiva, que ele teimava com a criançada da rua que significava "*e lave roupa*". A turma ria, mas ele mantinha postura altiva, séria, firme, como se tivesse mesmo razão. Tinha sete anos e mal havia iniciado o ensino regular.

    Caminharam uns bons trechos de mata, por uma trilha que os cobria de verde. Numa das mãos, o garoto levava o samburá vazio e uma sacola com os lanches que a mãe preparara e embrulhara em guardanapos de cozinha; com a outra, desviava dos galhos e folhas que impediam a visão do que havia à frente. O tio levava as varas, a latinha com as minhocas e outros apetrechos. Sob o azul do céu límpido, um pequeno bando de corvos executava seu balé circular em voos suaves.

Os pescadores pararam numa clareira, à beira do rio, e o menino pôde contemplar o silencioso curso das águas. Encantou-se com o peso e a força que sentia provirem do volume de água cuja visão perdia-se à esquerda e à direita e que era imenso também à sua frente, até a margem oposta. O silêncio permitia ouvir os zunidos dos insetos e o gorjeio das aves ocultas pela vegetação abundante. O trinado longínquo de um sabiá-laranjeira se destacava em meio ao canto metálico das cigarras e o cricrilar dos grilos. O sol reinava sem que qualquer nuvem encobrisse seu esplendor, apenas pássaros cruzavam os céus em voos desapressados. Já não via os corvos. O céu azul e a mata verde emprestavam suas cores ao rio.

O tio escolheu um lugar limpo, com grama rala, que guardasse distância segura de arbustos e moitas, como forma de visualizar insetos e a salvo de animais que pudessem esconder-se em meio às brenhas. Orientou o menino a ficar ao seu lado e foi-lhe ensinando o passo a passo da arte de pescar. Primeiro, cravou um galho firme no solo, bem próximo das águas do rio, e nele prendeu a corda que servia de alça ao samburá de cipó trançado. Conferiu a segurança do equipamento e lançou o cesto ao rio, a curta distância. Nele seriam lançados os peixes à medida em que fossem pescados, os quais, mergulhados na água, sobreviveriam até o final do dia. Era importante que os peixes chegassem frescos em casa. Pescavam por esporte, porém, não dispensavam a oportunidade de consumir os peixes capturados. Em seguida, entregou uma vara curta ao menino e reteve duas consigo, bem mais longas e pesadas.

As varas já vinham de casa preparadas com as linhas, anzóis e chumbadas. O tio puxou de seus apetrechos um saco, de dentro do qual retirou, a mancheias, a quirera que aos poucos foi lançando sobre as águas. "Tem que cevar, para atrair os peixes para perto do barranco", ensinou o tio. Em seguida, desenrolou a linha da vara curta e ensinou o sobrinho a enfiar a minhoca viva no anzol. O menino meteu seus dedos magérrimos na lata que as continha e retirou uma. Sentiu arrepio ao vê-la mexer-se, presa em sua mão, na hora de fazer dela o revestimento do anzol, como se aquele corpinho cilíndrico dotado de vida, apesar de tão frágil, fosse apenas uma espécie de vestido para o minúsculo metal encurvado em forma de *j*. Teve pena da pobrezinha. Começava ali a compreender a crueldade da luta pela sobrevivência, a naturalidade da lei do mais forte, o predador e sua presa.

Fixada a minhoca, o tio ensinou a lançar o anzol em direção ao meio do rio. Com a mão direita, o garoto deveria segurar a vara e manter o anzol e a chumbada na palma aberta da mão esquerda. Na sequência, giraria o corpo à esquerda, levando a vara para trás e para o alto, fazendo um movimento brusco para a frente de modo a impulsionar o lançamento do anzol com o chumbo e a isca no sentido do centro do rio. "Jogue com força e evite os aguapés, para não enroscar o anzol", recomendou o tio.

O menino lançou o anzol, enterrou a parte traseira da vara no declive do barranco à beira do rio e, de cócoras, aguardou o primeiro movimento. O peso da chumbada esticava a linha e evitava que o anzol, envolto pelo corpúsculo da minhoca, flutuasse sobre a água.

Muito tempo passou até que houvesse a primeira vibração da linha. Percebendo que a ponta fina da vara do menino tremelicava, o tio ensinou-o a chasquear. Era importante que o peixe não tivesse tranquilidade para mordiscar e fugir com o alimento. O bom pescador não dá um puxão assim que o peixe belisca o cevo. É preciso ter paciência e, na hora certa, dar apenas um leve tranco. O movimento brusco e breve faria com que o anzol o fisgasse, prendendo-o pela boca.

O tio pegou a varinha que tremeleava e, quando a ponta fina vergou com vigor, chasqueou. Fisgado, o peixe puxou o caniço fortemente em direção ao fundo do rio. Antes, porém, de trazê-lo para fora da água, era preciso cansá-lo até que ele sucumbisse, facilitando sua retirada. A depender do tamanho e da força do animal, ele poderia até quebrar a vara. Assim fez e, depois de breve tempo apenas segurando-a, passou-a ao menino para que este recolhesse sua primeira conquista.

O lambari, de escamas prateadas e nadadeiras avermelhadas, não ofereceu resistência. Orientado pelo tio, o menino segurou com firmeza o corpinho alongado de sua presa inquieta e, cuidadosamente, retirou o anzol enroscado em sua boca. Puxou o samburá para o seco e nele depositou o primeiro hóspede. Apertou o fecho do cesto e o devolveu ao rio. Os corvos haviam ressurgido no céu.

Buscou outra minhoca na latinha e espetou-a, perfurando seu corpúsculo de modo que este revestisse todo o anzol, cuidando para manter uma certa porção do pequeno invertebrado livre e se mexendo. Pôs-se em pé e se preparou para atirar o anzol ao rio. Exagerou no movimento de levar a vara para trás e para o alto e, quando a impulsionou para a frente, foi surpreendido pela resistência do anzol, que se enroscou nos galhos de uma árvore. O tio ralhou com o menino. Disse que tinha de prestar atenção. Os demais acharam engraçado e um deles caçoou: "Ê, pescador de papagaio!".

Outra vez o menino pegou uma minhoca e a perfurou com um anzol. Dessa feita, foi mais cuidadoso e lançou o anzol sem qualquer problema. Fincou a vara, acocorou-se e esperou. Algum tempo depois, a linha começou a vibrar. O menino chasqueou, mas errou o momento e perdeu o peixe. Puxou o anzol de volta e nele não estava mais a isca. O tio repreendeu-o de novo.

O tempo se arrastava como bicho-preguiça. Entre acertos e erros do sobrinho, o tio se impacientava e dava broncas com maior constância e energia. Ora porque, de novo, teve o anzol preso nos galhos, ora porque o enroscou dentro da água, nos aguapés próximos, o que obrigou o tio a cortar a linha de náilon e substituí-la. Colocou outro anzol e outra chumbada. O trabalho de reconstituir a vara deixou muito furioso o tio, que dirigiu palavras duras ao sobrinho. O menino sentiu-se envergonhado e a pressão levou-o a explodir em choro. O tio ficou ainda mais irado e o menino chorou de soluçar. Só se acalmou quando José intercedeu em seu socorro. "Venha comigo, fique aqui do meu lado", disse, retrocedendo a linha de seu molinete.

O sol estava a pino quando o grupo fez uma pausa para almoçar. O menino lavou as mãos nas águas do rio, com cuidado para não cair, e pegou, da sacola, os lanches que a mãe havia preparado. Eram dois pães recheados com rodelas de salaminho. Ele os devorou com a convicção de que não havia nada melhor no mundo do que sanduíche de salaminho. Bebeu um refrigerante de soda limonada, já aquecido pela alta temperatura ambiente, que trouxera na mesma sacola dos lanches, e reposicionou-se.

De cócoras, encantado com a majestade do rio, viu-se aos poucos envolvido por seu verde-azul tomado de empréstimo às circunstâncias, pelo silvo do vento a transpassar bambuzais e chorões e pelo farfalhar das folhas. Fixou os olhos na ponta da vara e na linha imóveis, em torno das quais circulava uma libélula. "Parece um helicóptero", pensou. A lassidão provocada pela ligeira refeição o fez ouvir a voz da mãe a chamá-lo e o rio se transformou no muro caiado do quintal de casa. Era janeiro, fazia muito calor. O torpor do sono o venceu. O helicóptero levou-o para junto dos corvos. Despertou com Giral gritando-lhe: "Tá dormindo, moleque? Acorda!". Queria voltar para casa, mas resignou-se. Só lhe restava continuar a pescar, já pouco interessado no resultado.

A tarde começou a cair. Depois de prolongada pasmaceira, o menino pescou um pequeno peixe de couro, sem escamas, com esporões farpados e manchas negras pelo corpo alongado. Tinha o dorso pardo, as laterais amareladas e o ventre branco. O tio, mesmo à distância, ao ver que o sobrinho pegara um mandi, correu para auxiliá-lo. Com a palma da mão, tomou o peixe pelo ventre, posicionou o dedo indicador sob a boca da relutante presa e, com o dedão, imobilizou-a fazendo pressão sobre sua cabeça, com todo o cuidado para desviar dos ferrões. Com um canivete, cortou as serrilhas das nadadeiras e, em seguida, as do dorso. "Uma ferroada desse e você choraria por uma semana", disse o tio, com mau humor extremo.

Escureceu e os pescadores decidiram ir embora. Recolheram os samburás, as varas e os demais petrechos e caminharam pela mata de volta até onde haviam deixado o automóvel. O tio seguia sério, sem nada dizer. Os outros elogiaram o desempenho do garoto, que levava para casa seis lambaris e o mandizinho. O menino sorriu sem entusiasmo. "Pelo menos não voltou sapateiro", disse Giral. José explicou, "é o pescador que nada pesca e volta de samburá vazio; só vem ao rio para dar banho em minhoca".

O mau-cheiro de um animal em decomposição infestou o ambiente e o garoto viu, numa clareira, a uns vinte metros à direita, corvos disputando-lhe os restos mortais. Enquanto caminhava sonolento sob o lusco-fusco, pensava na lei do mais forte e conjecturava que nunca mais voltaria a pescar.

Conto de São João

I

Antônio chegou à terriola natal ao cair da tarde de um sábado gélido, véspera de São João. O ônibus parou no ponto costumeiro, diante da igreja. Ele desceu e aspirou profundamente o ar de suas origens. Estava feliz — revelavam-no seus olhos marejados. Uma profusão de emoções provocava-lhe um nó na garganta.

Antes de seguir caminho, olhou com atenção para o entorno. Era reconfortante rever a igreja e suas estátuas de anjos posicionadas como se os meninos de pedra, dotados de asas e com os braços abertos, protegessem o sino e toda a cidade, a tudo atentos, exceto ao passar das horas que o relógio no alto da torre insistia em lembrar.

No pátio, uma enorme pilha de achas de madeira ardia em chamas para que, à meia-noite, só restassem brasas, sobre as quais os fiéis mais ousados demonstrariam sua fé atravessando-as descalços, pisando sobre elas sem queimar os pés. Havia barracas espalhadas por todo o átrio, indicando que, após a missa da noite, teria início a quermesse que a cada ano a comunidade realizava em louvor ao padroeiro da cidade.

O silêncio foi quebrado pelo burburinho das pessoas que começaram a sair aos poucos do interior da igreja e Antônio percebeu que um casamento acabara de ocorrer. Esperou para ver a saída dos noivos, quem sabe os conhecesse. Os convidados, trajados com elegância e refino, perfilaram-se para aguardá-los, formando um corredor polonês diante do portal principal. O vento esvoaçava os vestidos e as saias rodadas e comprometia os penteados. Uma jovem senhora, com ares de madrinha, segurava o chapéu casquete com laço em forma de ondas. O rapaz com quem formava par, de bigode farto e corpo delgado metido em terno escuro, fazia o mesmo para manter o seu panamá branco de faixa preta sobre a cabeça. Um fotógrafo, de boina cinza e suspensório, carregava sua câmera enorme, a lâmpada e demais petrechos, movimentando-se de um lado a outro do espaço entre as três portas frontais do templo e os largos e poucos degraus da escadaria, em busca do melhor ângulo para acomodar o tripé.

Os recém-casados apontaram à porta central da igreja, saudados com grãos de arroz que sobre eles jogaram os convivas. Foi tal a algazarra que Antônio não conseguiu ver-lhes os rostos. Um automóvel preto, posicionado defronte à igreja, prejudicava-lhe ainda mais a visão. A noiva movimentou-se em direção à rua, a cintura marcada pelo vestido branco de longa cauda, em que se destacavam delicadas estampas florais e poás bordados. Do véu que lhe cobria os cabelos pendia um adereço de rendas. Acompanharam-na o noivo, em terno bem cortado e gravata fina, e o fotógrafo.

O casal se posicionou diante do automóvel para o registro fotográfico, a igreja ao fundo, de frente para Antônio, a longa distância. Um turbilhão devastou o espírito de Antônio quando reconheceu a noiva. Sua amada Luísa acabara de se casar com o amigo Pedro.

II

Antônio ia se casar com Luísa, quatro anos antes. Seria, como de costume, num sábado e, durante a semana, sua atenção estivera toda concentrada na moça e na preparação do evento. Embora pela tradição coubesse aos pais da noiva organizar e custear a festa, o rapaz ofereceu-se para cuidar de tudo, o que foi recebido pela família dela como um gesto de nobreza. Confirmava seu bom caráter e o amor que ele de fato sentia por ela. Em contrapartida, o sogro cederia uma de suas casas de aluguel para que filha e genro nela residissem. Cuidaria inclusive de mobiliá-la com o essencial.

O pretendente reuniu suas economias, vendeu algumas quinquilharias e investiu quase tudo na empreitada. Reservou, por prudência, uma quantia para algum imprevisto. Luísa merecia essa demonstração de dedicação. Por ela, o belo e charmoso rapagão de vinte e dois anos, de grandes olhos pretos, cabelos encaracolados e voz de locutor, faria o que não pudesse, o que fosse impossível, para agrado da jovem amada.

No domingo anterior, ao retornar à noitinha do passeio com Luísa, Antônio avisara ao pai que durante toda a semana estaria ausente do trabalho na lavoura. O pai não gostou, mas compreendeu. Afinal — ponderou —, casamento é importante. Na segunda-feira, porém, fez cara feia. Na terça, zangou-se deveras; na quarta, ficou muito irritado. Na quinta, logo cedo, reclamou, sobretudo porque Antônio escalara Benedito, o irmão mais novo, para, no dia seguinte, auxiliá-lo nos preparativos da festança. A lavoura era tocada pelo pai e os dois filhos. Havia meeiros e alguns empregados, é verdade, mas o olhar do dono é que garante a boa safra, dizia o velho Alexandrino Roca.

O noivo, no entanto, não teve tempo para ocupar-se do mau humor do pai. A preparação da festa dependia somente dele e ele não poderia falhar. Os seus convidados eram poucos, alguns vizinhos da pequena propriedade rural da família e amigos de infância. Do lado de Luísa, no entanto, a quantidade era bem maior, e de maior relevância. Seu pai era segundo-sargento do exército, responsável, na pequena cidade, pelo tiro de guerra, o serviço militar obrigatório para os rapazes de vinte e um anos, que Antônio prestara no ano anterior.

Sargento João Bravo tinha muito apreço pelo futuro genro. Cativaram-no o senso de responsabilidade, o tirocínio e a lealdade que lhe dedicara o garoto durante o serviço prestado. A especial condição do sogro implicava convidar os interventores do município e do estado — o próprio governador, amigo do sargento —, os componentes da Câmara municipal, o padre e toda a gente importante do lugar, como também os colegas militares da região e os parentes da moça, que não eram poucos.

Pedro Martins, amigo de Antônio dos primeiros anos de colégio, cedera-lhe sua propriedade rural, no interior da qual sua família erigira uma capela onde regularmente celebravam-se cultos nas noites de quarta-feira, aos quais compareciam os moradores dos sítios adjacentes, o que incluía os Roca. O pároco da matriz, a troco de razoável quantia para as obras e caridades da igreja, concordou em deslocar-se até lá para presidir a cerimônia, de modo que ele mesmo e os demais convidados ali se confraternizariam. Ao lado do modesto santuário, havia o espaçoso galpão que a família do amigo construíra especialmente para alugar para festas. Era costume da gente opulenta da cidade promover festejos em ambiente rústico e os Martins souberam tirar proveito disso.

Sozinho e a pé, Antônio percorreu, durante a semana, os estabelecimentos comerciais da cidade encomendando o necessário — carnes, farinhas, banha de porco, sal, açúcar, fermento, especiarias, a lista era enorme. Batatas, cebolas e tomates ficavam por conta da produção própria da família, que Benedito e o irmão levariam até o local. Tudo seria entregue na sexta-feira, no início da tarde. Alguns amigos do casal, em *muchiron*, preparariam o bolo, os doces e salgados, os enfeites e o que mais fosse necessário, e deixariam o lugar pronto para assar o churrasco que seria servido. As carnes, os carvões e as bebidas só seriam trazidos na tarde do casamento.

Depois de ter passado toda a quinta-feira entre um comércio e outro, Antônio reservara o fim da tarde para anotar em papel as tarefas e os nomes dos amigos, definindo a cada um o que fazer e em que horário. Embora tivesse estudado apenas até o terceiro ano, era rapaz dotado de incomum inteligência e tino para liderar. Quando Alexandrino o viu ali sentado, rabiscando, zangou-se com o filho. Disse que preferia vê-lo ocupado com a lavoura. O rapaz, no entanto, ignorou-o. Concluiu que havia deixado tudo organizado e resolveu descansar, pois o dia seguinte seria de trabalho intenso.

À noite, quando o pai não mais se encontrava em casa, em mais uma de suas costumeiras escapadas noturnas, chegaram num automóvel três amigos de Antônio querendo levá-lo para despedir-se de sua condição de solteiro. "Não posso, estou cansado e terei um dia cheio amanhã", disse-lhes o filho de Alexandrino e Margarida Roca. A mãe concordou; de fato, não era a melhor ocasião. Eles não aceitaram a recusa e, não tendo como resistir, Antônio cedeu, sem saber exatamente para onde o levariam. E eles o levaram à casa de tolerância de dona Cacilda, famosa na cidade.

Era para ser uma farra. Haveria de ser uma noite inesquecível — e, de certo modo, foi. Assim que adentrou no recinto, viu seu pai saindo de um dos quartinhos de mãos dadas e agarrado a uma profissional do lugar, bela morena de seios fartos e balouçantes expostos por vasto decote. Pai e filho trocaram olhares fuzilantes.

— O que um pai de família faz num antro como este? — indagou Antônio.

— O que faz aqui o noivo da filha do sargento às vésperas do casamento? — devolveu o pai.

Deblateraram, altercaram-se, tiveram de ser separados para que não chegassem às vias de fato. O desconforto tomou conta dos amigos, que perceberam que deveriam levar Antônio de volta para casa, e assim fizeram.

O pai também saiu, depois de breve recuperação, acudido por dona Cacilda e suas meninas, mas não conseguiu chegar em casa a tempo de evitar que Antônio contasse o ocorrido a Margarida. Quando chegou, os amigos já haviam ido embora. Alexandrino e o filho brigaram com intensidade ainda maior, só não se atracaram, e o pai expulsou de casa seu filho mais velho.

Com a roupa do corpo e nada além, Antônio encaminhou-se pela escuridão da mata até chegar à casa dos pais de Pedro, na cidade, onde passou a noite em claro.

Na sexta-feira, véspera do casamento, Alexandrino Roca foi logo cedo à residência dos futuros consogros com sentimentos de ódio e vingança exalando pelos poros.

III

Assim que o segundo-sargento João Bravo terminou de fazer a barba, Marieta bateu à porta e avisou que o pai de Antônio o esperava na sala. Ele apanhou a toalha, passou-a pelo rosto e se aproximou do espelho para conferir o resultado. Constatou a perfeição do próprio trabalho, aplicou a água mentolada, deu-se palmadinhas em ambas as faces e foi ao encontro do futuro sogro de sua preciosa Luísa.

— Bom dia, senhor Alexandrino. A que devo a honra?

O agricultor levantou-se tirando da cabeça o panamá, em respeito. Era homem que, a despeito de certos modos rudes, sabia comportar-se diante de uma pessoa ilustre. Vestia camisa de tergal branca, calça de brim e paletó pretos. As botas envelhecidas expunham vistosas manchas avermelhadas de terra, impregnadas pelo tempo, limpas o suficiente para que não deixassem marcas pelo chão. Tirou do bolso do paletó um lenço e enxugou o suor do rosto e testa. Fazia calor de trinta graus. Acomodou-se novamente no confortável canapé azul.

— O que me traz aqui não é do meu agrado e certamente não será do seu — disse o campesino, em tom grave.

Sargento João sentou-se, com visível preocupação.

— É sobre meu filho Antônio.

O semblante do militar suavizou-se. Ele esboçou um sorriso e comentou:

— Antônio! Gosto dele, bom rapaz. O amigo e sua senhora se esmeraram na educação do garoto. Será sem dúvida um bom marido para Luísa, que neste momento experimenta o vestido para os últimos ajustes. Estamos muito ansiosos pelo dia de amanhã.

— Sinto dizer-lhe o contrário. Sinto muito por decepcioná-lo.

A fala de Alexandrino teve o efeito inverso ao da reação anterior. O militar retraiu os músculos da face e recolheu o sorriso insinuado.

— E qual seria a razão?

Alexandrino pigarreou, mexeu as mãos sem saber onde acomodá-las, enfiou-as nos bolsos do paletó, retirou-as, esfregou uma na outra. Suspirou, acomodou-as sobre os joelhos, pigarreou de novo e disse:

— Sargento, o senhor é homem de bem. É militar, religioso, cultua os valores que uma família de bem deve cultuar, os princípios que trouxe de berço...

— Sim, sim. Valores que todos devemos preservar a qualquer custo.

— Penso exatamente como o senhor.

Homem de cinquenta e dois anos de idade, Alexandrino trazia em sua biografia um fato que o deixava desconfortável diante do militar. Ao tempo da revolução constitucionalista de 1932, para não ter que enfrentar o exército de Getúlio Vargas, a quem devotava lealdade, embrenhara-se na mata e lá permanecera escondido por quase um mês, até que a revolta paulista sucumbisse e cessasse de vez. Alexandrino integrava a direção do partido trabalhista local. O que o matuto não sabia é que o sargento, embora conservador, adepto do movimento integralista, nutria simpatias pelo presidente que, um ano antes, havia sido forçado a renunciar ao cargo. João Bravo tinha proximidade com Pedro de Toledo, interventor estadual nomeado pela ditadura getulista que, aclamado governador de São Paulo, acabara se tornando o comandante civil do movimento constitucionalista. As cartas assim baralhadas embaçavam a compreensão de Roca.

— Mas o que isso tem a ver com nosso bom Antônio?

— Vou lhe dizer sem rodeios, sargento. Meu filho não é digno de ser seu genro, de desposar sua única filha.

— E por que não seria?

— O senhor tem razão quando afirma que eu e minha mulher demos a nossos filhos a melhor educação possível.

Ensinamos a eles o caminho do bem, mas, o senhor sabe, não temos domínio absoluto sobre o caráter de nossas crias. Eu não sei como foi que Antônio se perdeu...

— Perdeu-se? Não estou entendendo. Desde que prestou o serviço militar, no ano passado, ele sempre me pareceu um rapaz digno, íntegro. No domingo, ele e Luísa saíram juntos, passearam a tarde toda, foram à praça, à missa, ao cinema, voltaram até mais cedo do que eu havia determinado. Formam um casal muito apaixonado, dá gosto de ver. Ele é respeitoso, comporta-se muito bem com minha filha. Faz-me lembrar de quando nos encontrávamos, eu e Marieta.

— Meu filho, sargento... meu filho Antônio frequenta zona de meretrício — delatou o pai do noivo, sem mais rodeios.

O militar enrubesceu. Os músculos da face enrijeceram. Seu semblante cristalizou-se, os olhos vidraram. Levantou-se e não fez outro gesto:

— O que o senhor está dizendo?

— Lamentavelmente, é isso mesmo. Ele esteve ontem na famigerada casa de dona Cacilda. Quando me contaram, relutei em acreditar e resolvi segui-lo. E, de fato, lá ele entrou. E, segundo a mesma fonte, que se revelou confiável, não foi a primeira vez.

Alexandrino também se levantou e se dirigiu à porta. Girou a maçaneta, segurou-a, voltou-se para o pai de Luísa e deu por cumprido o que tomara por dever:

— Agradeço por sua atenção e peço desculpas pelos transtornos que meu filho causou à vida de sua filha e de toda a família. Uma imperdoável desonra para ambas as famílias.

Fez um gesto de despedida com o chapéu, abriu a porta e ganhou a rua. O sargento não o acompanhou até a saída. Permaneceu inerte, com o olhar distante, voltado para o nada, com dificuldade de assimilar o que acabara de ouvir.

Alexandrino Roca foi dali para casa. Caminhou os quase três quilômetros que separavam um lugar do outro. Embora construída em alvenaria e coberta com telhas de cerâmica, o chão da residência dos Roca era de terra batida. Tinha as paredes caiadas, com barra e colunas pintadas de azul. Era grande, com quatro quartos e ampla sala, onde havia uma mesa com seis cadeiras e um aparador sobre o qual Margarida mantinha imagens de santos e velas sempre acesas.

Alexandrino entrou pela cozinha. Margarida preparava o almoço no fogão a lenha e o cheiro de cebola e alho refogados em banha suína dissipava-se por toda a casa. A mulher mantinha a mesma cara amarrada da noite anterior, quando discutiram. Sem conseguir disfarçar a mágoa, nada falou, nem olhou para o marido. Temia que ele a agredisse. Benedito também ignorou a chegada do pai, que trocou as roupas, o chapéu de passeio por um de palha, tomou os apetrechos de trabalho e partiu solitário para a roça, em silêncio, sentindo o gosto amargo da vingança a corroer-lhe o espírito como ácido.

Margarida arrastava, calada, seu sofrimento. "Disseram que ele é freguês antigo do prostíbulo", contara-lhe o filho na véspera. A mãe permanecera desde então sentada à mesa da cozinha e ali o sono a dominara, de modo que era suportando dores por todo seu frágil corpo que ela agora preparava o almoço.

IV

Antônio despediu-se de Pedro e voltou à casa em horário que calculara que o pai já teria ido à lavoura. Encontrou a mãe terminando o almoço. Compartilharam a dor da decepção e juntos fizeram a última refeição. O rapaz fez sua mala, pediu bênção à genitora, despediram-se em meio a lágrimas inconsoláveis e, com Benedito, dirigiu-se ao galpão, para cuidar dos preparativos da festa.

Na charrete, levaram os produtos da própria lavoura, que Benedito selecionara na véspera. Antônio abriu o galpão e os irmãos depositaram sobre uma imensa mesa, ao lado da pia, as sacas de batata, cebola e tomate. Trouxeram também algumas frutas. O noivo retirou do bolso os papéis em que rabiscara o organograma do *muchiron* e aguardou as amigas de Luísa, que trariam as flores para os arranjos e preparariam o bolo, os quitutes, os petiscos e o que mais havia sido programado pelo casal. Os três amigos da noite anterior cuidariam de auxiliá-las no que fosse necessário.

Como as moças e os rapazes demorassem a chegar, Antônio deixou com o irmão o dinheiro necessário para pagar os fornecedores, orientou-o sobre o que dizer a elas, entregou-lhe as anotações que fizera na véspera e pediu-lhe que o levasse, com a charrete, à casa de Luísa. Estava cabisbaixo, tenso, mas precisava tranquilizá-la quanto à organização da festa. Queria passar ao lado dela os últimos momentos antes do dia do casamento.

Benedito deixou-o na porta da casa da noiva e voltou para o galpão. Antônio planejara dizer a Luísa que trouxera a mala para que ela a guardasse, pois seria mais fácil apanhá-la após o término da festa. Afinal — diria à noiva —, dali por diante os pertences de ambos haveriam de viver juntos, felizes para sempre. Pôs um sorriso forçado no rosto e bateu à porta. Foi atendido pelo pai de Luísa, que sequer o deixou entrar. Só lhe disse que não haveria mais casamento e mandou que se retirasse e nunca mais se aproximasse de sua filha.

A decepção e a desonra haviam assolado a alma do militar conservador com tal potência que nem ao menos se dignou a explicar ao jovem as razões de sua decisão sumária, tampouco se preocupou em dar oportunidade para ouvir-lhe a versão do ocorrido.

Eram tempos em que não havia telefone nas residências, senão excepcionalmente. Sem saber como agir, Antônio bateu à porta várias vezes. Aos gritos, insistia em falar com Luísa. Queria uma explicação, mas o sargento estava inflexível, rígido como só um militar. O rapaz desistiu de bater e passou horas a rondar a residência, na esperança de que Luísa saísse à rua ou espiasse à janela, até que o policial Zacarias o abordou. Ameaçou prendê-lo se continuasse a importunar a família do segundo-sargento João Bravo.

Voltou Antônio, então, à casa dos pais de Pedro, que viera de São Paulo, onde residia e trabalhava em banco, convidado pelo amigo para servir-lhe de padrinho de casamento, mas ali ele não mais se encontrava. Deve ter ido ao galpão, pensou. Envergonhado, sem coragem de ir até o lugar da festa, de comunicar o ocorrido ao irmão e aos amigos, optou por acomodar-se numa pensão e lá decidir como agir. Encerrou-se no quarto, onde escreveu uma breve carta a Luísa. Passou rápido defronte sua casa, meteu o envelope por debaixo da porta e saiu com pressa, temendo que o policial o visse por ali.

Na carta, Antônio dizia desconhecer a razão da atitude do pai da noiva. Em verdade, supunha que a notícia do ocorrido na véspera houvesse chegado ao conhecimento de Luísa e de seus pais, mas, sem ter certeza, nada podia dizer-lhe a respeito. Havia muita gente no lupanar, decerto alguém fora contar-lhes.

O noivo propôs um encontro na praça ou em outro lugar que ela indicasse. Não recebeu resposta alguma e, no local e horário que ele havia sugerido, ela não compareceu. Esperou-a por mais de uma hora no banco sob o ipê-amarelo em que costumavam passar juntos as tardes de domingo, até sucumbir.

Retornou à pensão e lá a proprietária entregou-lhe um envelope que um moleque havia deixado. "Está tudo terminado entre nós, não me procure nunca mais", estava escrito à mão, no centro de uma folha de papel. Antônio chorou em silêncio, na solidão do quarto. Amarfanhou a folha de papel e a atirou à lixeira. Errou o alvo e a bolinha caiu no chão.

Pernoitou na pensão, mais uma noite em claro. No sábado pela manhã, pensou em procurar o irmão, o amigo Pedro, voltar à casa e enfrentar seu pai, mas não reuniu as forças necessárias. Ajeitou o conteúdo da mala e fechou-a com lentidão. Abriu e reabriu duas ou três vezes, a título de conferir o pouco que levava. Tomou-a pela alça e se dirigiu à porta, de onde voltou seu olhar para o papel caído sobre o desgastado assoalho de madeira. Recolheu-o e o atirou no centro da lixeira. Ia saindo quando decidiu pegá-lo de volta. Desamassou-o, passou a mão várias vezes, como se pudesse recuperar-lhe a forma original. Reabriu a mala, guardou a resposta de Luísa delicadamente sobre as roupas, fechou-a pela vez derradeira e saiu.

Fez o acerto com a proprietária da pensão e dirigiu-se até a casa da noiva. Ao se aproximar, deparou-se com o policial da véspera, que montava guarda defronte à porta da residência do segundo-sargento. Sem ter aonde ir ou a quem recorrer, dirigiu-se ao pátio da igreja. Ali tomou a jardineira em direção a São Paulo. Há tempos, Pedro vinha instigando-o a mudar-se para a capital, onde decerto não teria dificuldade para arranjar um bom emprego e fazer a vida. Recusara o convite por conta de se casar com Luísa.

No dia em que deveria estar se casando, Antônio fugia de si mesmo. Durante a viagem, teve tempo para pensar na mãe, em Benedito e em Luísa. Frustração e vergonha se avolumavam em seu espírito e o amesquinhavam. Doía-lhe sobretudo a consciência de estar agindo como um rato espavorido. Apequenado e desprovido de forças, optou por distanciar-se de tudo e de todos. Com o tempo, retomaria contato com Luísa, escreveria cartas a ela, talvez até falassem ao telefone, e insistiria com a amada para que restabelecessem a relação; enfim, aguardaria a decisão que ela tomasse. Tinha em mente voltar em breve à cidade que havia sido palco de seu infortúnio.

V

Na capital, acomodou-se em uma pensão próxima ao terminal rodoviário e logo iniciou as buscas por um emprego. Criado na roça, trabalhando na lavoura desde menino com o pai e o irmão, no pequeno sítio da família, Antônio não possuía experiência em outra atividade profissional. Tinha consciência de que os poucos anos de estudo também pesariam contra si.

Numa banca próxima da pensão, a duas quadras da estação da Luz, comprou um jornal em busca de anúncios de ofertas de emprego. A primeira página destacava a aprovação, na véspera, da constituição de 1946. O país respirava ares democráticos e o otimismo tomava conta da população, dizia a notícia. Folheou o jornal página por página e circundou os anúncios que lhe interessaram. Foi a todos, sem sucesso. Pesava-lhe, de fato, a falta de experiência.

Desanimado e sem perspectiva, decidiu procurar o amigo Pedro, a quem não mais vira desde que se despediram na véspera do casamento frustrado. Foi até o banco em que ele trabalhava e acabou dando sorte. Conversou longamente com o gerente que, encantado com a vivacidade de Antônio, contratou-o como contínuo, em substituição ao próprio Pedro, que, para sua surpresa e decepção, deixara o emprego para voltar à terra natal.

Nunca mais tivera notícia de Luísa. A ela, endereçara dezenas, talvez centenas de cartas, por um bom tempo quase diárias, mas jamais recebera resposta. Desde que fora à capital, escrevera uma vez a Benedito, dando conta de seu paradeiro, e não mais retornara à casa dos pais. Uma única vez, o bancário respondeu às correspondências que a mãe e o irmão lhe dirigiram, em que insistiam para que voltasse. Depois do falecimento do pai, escreveu-lhes apenas para informar que estava bem e que ganhava um bom salário. Que não se preocupassem com ele, pois já não estava mais hospedado na pensão. Havia alugado um quarto de fundos, com entrada privativa, em casa de família. Comprara um automóvel a prestação e planejava tornar-se taxista, o que lhe proporcionaria ganhos ainda mais elevados.

Quando, porém, quatro anos depois de sua partida, Benedito escreveu dizendo que a mãe estava muito doente e queria ver o filho, Antônio decidiu que era hora de visitar a família no interior. Quem sabe, pensou, pudesse reencontrar Luísa, desfazer o mal-entendido, reatar o noivado, casar-se com ela. Estava, como sempre, disposto a fazer o impossível por sua amada. Ocupou as horas de viagem planejando a reaproximação.

A visão de Luísa vestida de noiva, abraçada ao amigo Pedro, defronte à igreja, logo ao chegar, dizimou-lhe as esperanças e o destroçou. Antônio permaneceu estático por um tempo infinito. Quando deu por si, passado o vórtice, o ônibus já havia partido, os noivos e convidados não mais se encontravam defronte ao templo e o populacho chegava aos poucos para a missa.

Caminhou até um bar nas proximidades, pediu uma cerveja, depois outra; em seguida, sucessivos copos de cachaça. A imagem do casal diante do santuário gravara-se em sua retina, indelével, como dolorosa fotografia da qual ele jamais conseguiria se desfazer.

Numa das barracas da quermesse, um locutor da rádio local deu início ao serviço de alto-falante, por meio do qual as pessoas ofereciam músicas umas às outras, mediante módica paga, ora "como prova de muito amor", ora apenas por demonstração de amizade. Antônio passou o restante da noite no bar e só deixou o lugar quando o proprietário o avisou que era hora de fechar. Trôpego, ele seguiu pela praça central chorando e lamentando, em voz alta, sua sina infeliz. Teria uma longa caminhada até chegar ao sítio da família, distância pela qual pesar-lhe-iam a mala e um amargor profundo em seu coração — dor que arrastaria pelo resto de seus anos, aliviada por fartas doses de cachaça e cerveja.

Aproximava-se a meia-noite, horário em que teria início a travessia da fogueira, e da praça ele pôde ouvir a música que vinha do alto-falante:

"Com a filha de João,
Antônio ia se casar
mas Pedro fugiu com a noiva
na hora de ir pro altar..."

O locatário

A campainha soou no instante em que Teodomiro pegava uma faca para descascar a cebola. A inoportuna visita era um sujeito gordo, com feições de trinta e cinco, quarenta anos, se tanto. Trajava um colete à moda dos militares, boina de campanha e botas semelhantes a coturnos. Entre mesuras e escusas pela hora decerto inapropriada, o rapaz explicou que viera por conta do anúncio dos cômodos dos fundos ofertados em locação.

— Entre, acomode-se no sofá — disse-lhe o professor.

O candidato a locatário se apresentou. Chamava-se Caleb Torres, servidor público bem assalariado, desprovido de bens valiosos, porém, sem desabono financeiro. Em meia hora e dois cafés servidos pelo anfitrião, o negócio estava fechado. Teodomiro era homem de boa-fé.

Caleb traria seus pertences no dia seguinte. Não viesse muito cedo, advertiu o senhorio, pois era seu gosto pôr-se em pé depois das nove, nunca antes. "Sou madrugador", objetou o rapaz, com riso maroto, para em seguida dizer que ainda não tinha a vida ganha e mencionar que "Deus ajuda a quem cedo madruga".

Na manhã seguinte, pouco antes das nove, Teodomiro acordou com o barulho do motor de um caminhão que parava sob sua janela. O motorista desligou o veículo e o aposentado anteviu que, em minutos, sua campainha soaria. Às nove em ponto, porém, o que soou foi o pequeno despertador, que vibrou sobre o criado-mudo. Antes que se movesse o ponteiro dos minutos, o locatário bateu à porta da sala. "Enganei-me", pensou o professor. Levantou-se, vestiu camiseta e bermuda, calçou chinelos, procurou pelo molho de chaves e foi à porta.

Caleb Torres, esbanjando falsas simpatia e solicitude, explicou não ter tocado a campainha para não acordar o locador antes de seu horário habitual. Rogou perdão por ter saltado sobre o portão, necessário para que chegasse até à porta, em que teve o cuidado de dar batidas leves, com pouca força, e disse que esperaria o tempo que fosse necessário, porque longe dele incomodar quem quer que fosse e que não tem por hábito ser desagradável, sobretudo com os mais velhos.

Teodomiro, que com o dedo girava no ar o molho de chaves, parou e deitou o olhar sobre o rapaz. Caleb silenciou e se desculpou novamente, dizendo não ter tido intenção.

— Que nada, rapaz. Ofensa nenhuma. Tenho um acúmulo de tempo de juventude que não me permite desmenti-lo — caçoou o aposentado.

O acesso aos cômodos alugados dava-se por um portãozinho menor, à esquerda do que servia à casa principal, separados um do outro por uma mureta divisória. De um lado, o estreito corredor que levava aos fundos. Do outro, o portão maior dava para um espaço aberto em que Teodomiro guardava seu velho e bem cuidado fusca. Os cômodos alugados eram uma sala, cozinha, quarto e banheiro, todos diminutos. Com ajuda do motorista, Torres instalou o pouco mobiliário e depositou três grandes caixas que guardavam objetos pessoais, roupas e sua coleção de discos de vinil.

No segundo dia, Caleb Torres esteve novamente com Teodomiro. Contou-lhe sobre os discos, cantarolou umas canções antigas e, com sua voz grave e arrastada, como se estivesse sempre bêbado, declarou-se amigo íntimo do senhorio, a quem tal condição não agradava. Nada, porém, lhe restava a fazer senão observar em silêncio o comportamento do inquilino.

Era hábito de Teodomiro fazer a sesta. Findo o almoço, tomava uma xícara de café e se estirava no sofá. Pelo celular, lia as notícias e postava suas impressões nas redes sociais, breves, porém quase sempre profundas e pertinentes, por vezes algum chiste, até que o sono o desconectasse das realidades. O descanso durava não mais que meia hora. Despertou, todavia, assustado, nem bem passada a metade do tempo, com Caleb Torres entrando na sala sem qualquer cerimônia. Trazia informações da China sobre um certo vírus, uma tal epidemia. O aposentado disse, ainda sonolento, já ter ouvido falar.

— Haverá uma pandemia — informou ao rapaz, corrigindo-o.

— É uma das sete pragas, seu Teodomiro. Será o fim do mundo. A peste vai se espalhar por todo o planeta.

Passaram-se os dias e os fatos foram tomando proporções cada vez mais alarmantes mundo afora e país adentro. Falava-se do elevado grau de contágio do vírus, da sua letalidade, da velocidade com que se espalhava, do iminente colapso das redes de saúde, públicas e privadas. O professor integrava o grupo de risco, por conta da idade e de uma ou outra comorbidade própria de sua longeva experiência de vida.

— É a guerra biológica! — prosseguiu o falastrão, como se se recusasse a ouvir o acadêmico. — A Terceira Guerra Mundial começou! Os chineses criaram o vírus em laboratório e o espalharam pelo planeta. Querem dominar o mundo.

Em silêncio, Teodomiro ouvia toda a trama conspiracionista. De nada adiantava esclarecer ao inquilino sobre qualquer coisa. Para Caleb, era mesmo uma guerra entre comunismo e cristianismo, o final dos tempos, a realização das profecias.

— O comunismo acabou com o Brasil, seu Teodomiro — esbravejou.

O professor teve a condescendência de explicar que nunca houve comunismo no Brasil, que esse fantasma servia para assombrar o povo de quando em quando, por décadas e décadas sem fim, a legitimar, sempre que conveniente, um novo golpe de estado.

— Eu sei das coisas, professor — defendeu-se o bronco em desprezo à informação, cada vez mais irritado com as poucas objeções que lhe fazia o homem culto.

Ocorreu a Caleb, ao cabo de poucos dias, que seu vizinho era de fato um homem bom, generoso, sábio, honesto, que cultivava hábitos de cavalheiro, incapaz de elevar a voz, hábil o bastante para impor um ponto de vista sem desqualificar o interlocutor, com cuidados necessários para não causar ressentimento. Tais constatações chocavam-se, todavia, com as crenças do inquilino. Soube pelo próprio locador que este tivera uma vida sofrida, filho de agricultores desprovidos de fortuna, que vencera por méritos próprios.

— Mas a meritocracia é um gargalo estreito e, na essência, injusto — ponderou ao brutamontes o franzino professor. — Governos existem para criar condições e oportunidades para todos — completou.

As qualidades do idoso atiçavam no espírito do tosco um sentimento ruim. Sujeito de poucas luzes, Caleb era incapaz de compreender as razões dos fatos, de conectá-los entre si para extrair causa e consequência. Sua compreensão não alcançou a magnanimidade do gesto do aposentado quando ele, por força da quarentena, dispensou a diarista de comparecer ao trabalho semanal e, a despeito disso, comprometeu-se a honrar o pagamento do preço contratado, mesmo não prestados os serviços. Não compreendeu nem mesmo quando o idoso ofereceu ao próprio inquilino a possibilidade de livrar-se da obrigação de pagar os aluguéis enquanto perdurasse o confinamento, acaso tivesse problemas financeiros.

A admiração que no início Caleb nutrira pelo professor cedia aos poucos a um sentimento avesso, que se agigantava na exata medida em que se solidificava em seu espírito a convicção de que jamais teria igual estatura moral e intelectual. Perturbava-o severamente a luminosidade que do mestre emanava.

Sucedeu que, dias depois, o boçal adoeceu, teve coriza, dores, febre, uma tosse seca incessante. Teodomiro percebeu que o vírus havia infectado o inquilino e o levou ao hospital, onde acabou internado. No terceiro dia, intubaram-no e, ao cabo de uma semana em terapia intensiva, Caleb foi liberado.

Nos dias que se seguiram, Teodomiro preparou e serviu-lhe refeições até que recuperasse forças. Deixava os pratos, frutas, medicamentos ao pé da porta, para que o outro os recolhesse momentos depois, de modo a evitar que mantivessem contato direto.

Nem esse gesto humanitário impediu o locatário de se incomodar com o fato de que o velho tivesse passado incólume pela praga; afinal, haviam mantido algum contato próximo, mas o moço não entendia o que era um paciente assintomático. Esse fato o torturava e em seu espírito fez brotar e vicejar um sentimento de ódio a Teodomiro. Caleb, de fato, não tolerava a bondade que o acadêmico exprimia pelo olhar e exalava pelos poros, que lhe fosse tão dedicado e nada solicitasse em troca.

Numa manhã gelada de inverno, já vencidos os riscos de contágio, locador e locatário discutiam sobre o que Caleb considerava excessos da quarentena. Teodomiro sabia que o inquilino havia participado de manifestações pelo fim do confinamento e pela reabertura do comércio. Reconhecera-o num vídeo que circulara pelas redes sociais, dançando ao lado de outros manifestantes com uma espécie de esquife nos ombros, simbolizando a morte do governador que promovia o isolamento social. O professor tachou-os de criminosos. Alucinado, Caleb levantou-se do sofá, encarou o ancião e dirigiu-lhe gritos com tal furor que suas veias do pescoço exaltaram-se. Aos berros, chamou-o de velho e o repetiu incontáveis vezes, meneando a cabeça para frente e para trás como se tentasse atingir a do interlocutor. Este, no entanto, manteve-se impassível, expondo uma serenidade imprópria dos humanos, e essa ausência de reação só contribuía para enervar ainda mais o agressor.

— Olha, Caleb — disse Teodomiro com inverossímil mansidão —, sou velho, é uma constatação. E lhe digo mais. Torço para que a natureza tenha com você a generosidade que tem tido comigo, pois a alternativa ao envelhecimento será uma experiência que você não viverá para me contar.

— Velho comunista! Tenho ódio de você! Ódi-ô!!!! — gritou pela última vez.

Por um curto espaço de tempo, o silêncio predominou. Caleb esforçou-se para recuperar a calma e pediu desculpas ao locador.

— A inveja é a mãe do ódio — deixou escapar Teodomiro, sem perder a fleuma, enquanto passava um lenço sobre a testa.

A provocação não intencional, porém, teve grave efeito. Caleb enfureceu-se novamente e, a passos pesados e nervosos, foi à cozinha, apoderou-se de uma faca e desferiu três golpes nas costas do idoso, que não teve como reagir. Ao vê-lo desmaiado e ensanguentado, o rapaz apercebeu-se da gravidade do que havia acabado de fazer. Em desespero, tomou o professor em seus braços, colocou-o no fusca e o levou ao hospital.

Indagado sobre o que acontecera, Caleb disse que caminhavam pela rua quando surgira um desconhecido que atingira o amigo pelas costas. Livrou-se, assim, de ser preso em flagrante — a polícia ainda iniciaria a investigação sobre o que, de fato, havia ocorrido.

A internação durou um mês, ao fim da qual Teodomiro retornou são e salvo. Ao vê-lo chegando, cumprimentando-o como se nada tivesse havido entre eles, Caleb não lhe dirigiu palavra. Contorceu o corpo, avermelhou o rosto, espumou e, caminhando com a dureza de um soldado em marcha, dirigiu-se ao cômodo que alugava.

Teodomiro ainda girava a chave na porta para entrar em sua morada quando ouviu um estampido. Imediatamente, dirigiu-se para a casa dos fundos com a pressa que seu corpo e as dores lhe permitiam. Já não havia o que fazer. Chamou por telefone as autoridades, que se incumbiram do resto. Vieram os policiais e os socorristas, mas não houve como salvar o locatário.

Dois anos depois, ao chegar da primavera, só restavam trágicas lembranças das tormentas que avassalaram o planeta. Enquanto pela televisão governantes e especialistas-em--tudo contabilizavam os cadáveres e debatiam sobre o que deveria ter sido feito e a quem responsabilizar, Teodomiro derramou lágrimas ao pensar em Caleb, tão jovem, uma vida pela frente. Em seguida, abriu um sorriso, acreditando que o sentimento de humanidade ressurgiria nas pessoas. Desligou a televisão e foi-se deitar.

O velho professor morreu de insuficiência cardíaca na mansidão da madrugada, enquanto dormia, na véspera de completar noventa e sete anos. Defronte à casa, um ipê--branco derramava suas flores formando um tapete alvo que se espraiava sobre toda a calçada. A diarista chegou pela manhã e não estranhou que o professor ainda estivesse dormindo, atenta aos seus hábitos. Quando deu nove e meia, porém, e como ele ainda permanecesse na cama, ela o chamou algumas vezes em vão. Entrou no quarto, chacoalhou o corpo, tomou-lhe o pulso e aproximou-se para sentir-lhe a respiração. Deu um grito doído e desabou a chorar ao constatar o óbito.

Passados o susto e o desespero, Doralice ligou para a polícia. Enquanto aguardava a chegada dos agentes, deteve--se a observar o ar sereno do falecido e pensou no quanto havia sido bom e justo aquele homem.

O grande amigo imaginário

Eram ateus e se casaram numa singela cerimônia civil, numa tarde de primavera, na presença de uns poucos parentes e amigos. Nada obstante, ela trajava um pomposo vestido branco cravejado de lantejoulas e ele vestia terno e gravata importados da Itália.

Tiveram um filho, um menino de cabelos louros, cacheados, e olhos azuis. Planejaram dar a ele a melhor educação possível, isenta de qualquer viés religioso. Transmitiram-lhe toda a convicção que tinham acerca da inexistência de um ser superior, capaz de reger o destino de cada ser vivo e de cada coisa existente sobre a Terra. Queriam ensiná-lo a ser autossuficiente, liberto das crenças populares, desprovidas de racionalidade. Pretendiam educá-lo para lutar honestamente pelas suas ambições e necessidades, incutindo-lhe a confiança de que suas conquistas haveriam de ser fruto do seu exclusivo esforço.

O menino desenvolvia-se com a normalidade de qualquer garoto saudável. Tinha diversos brinquedos e se extasiava com todos, rigorosamente escolhidos pelos pais, segundo critérios que, ao ver de ambos, melhor contribuiriam para despertar de forma sadia a imaginação do rebento.

Foi num dia chuvoso de domingo que os pais o flagraram conversando no quarto com alguém, enquanto manejava os brinquedos, mas não viram ninguém em sua companhia.

Indagado, o garoto respondeu "é o meu amigo". Concluíram que ele tinha um amigo imaginário, como toda criança um dia adota o seu, e decidiram que era hora de providenciar um novo herdeiro. Um irmãozinho haveria de fazer muito bem ao desenvolvimento do primogênito e vice-versa.

No dia seguinte, o menino amanheceu amuado, febril, choroso. Nada comeu e seu apetite jamais recobrou a intensidade de antes. Foi aos poucos perdendo o entusiasmo pelas brincadeiras, seus olhos já não denotavam o garoto esperto que havia sido até então. Meteu-se na cama, envolto em lençóis e cobertores, e ali permaneceu por dias seguidos.

Levaram-no ao médico e o diagnóstico foi o pior possível. O menino era portador de uma doença grave e rara, capaz de levá-lo à morte. Os pais caíram em desespero. Recorreram aos melhores médicos e hospitais, aos tratamentos mais caros do país e do exterior. Às pequenas melhoras, porém, seguiam-se agravamentos cada vez mais preocupantes.

Não tardou para abandonarem as rígidas convicções cultivadas por toda a vida. Agarraram-se à fé e aderiram com fervor à religião. Tornaram-se fiéis sinceros, servos conscientes de uma divindade que antes abominavam.

Passaram a ensinar ao menino, em caráter intensivo, passagens do texto sagrado, orações e dogmas. E ele orava com toda a fé que o coração de um inocente pode expressar. Por várias vezes, acreditaram que o quadro clínico do filho apresentava melhoras. Exprimiam uma fé tão inabalável que se viram convencidos de que enfrentavam uma provação e que tudo terminaria bem, graças aos céus. Estavam seguros de que o ser que a todos rege lhes havia enviado um anjo apenas para que tivessem a revelação do que é verdadeiramente a vida e do quanto estiveram enganados até então.

A doença, porém, evoluía com intensa velocidade, a despeito de pequenos sinais de melhora. O menino foi a óbito num dia de sol exposto, sem qualquer nuvem, no verão. Os pais concluíram que aquele era um dia abençoado, que a missão do filho na terra havia terminado e ele havia sido guindado a um patamar superior da existência humana. Assim se resignaram nos primeiros dias e pelos meses e anos que se seguiram. Faziam questão de mostrar que mantinham sólida a fé, inquebrantável.

As saudades do filho cresciam, porém, e, com ela, agigantava-se o inconformismo. A cada dia, depositava-se um grão a mais de desgosto no espírito de ambos, até o momento em que explodiu a irresignação, a revolta indomável e absoluta.

Num esforço para compreender as razões de tudo por que passaram, concluíram que era tempo de rever todos os conceitos alimentados e que se alternaram ao longo da existência. Resgataram, por fim, todas as convicções materialistas anteriores ao infortúnio e voltaram a negar a existência de uma força superior, que, se de fato existisse, não teria permitido a interrupção abrupta de uma vida mal iniciada e o sofrimento de um pai e uma mãe.

Enquanto tomavam chá numa melancólica tarde fria de outono, sentados à mesa da cozinha, o marido rompeu o silêncio para relembrar o dia em que haviam flagrado o menino conversando sozinho, no quarto. A lembrança marejou os olhos da esposa e lhe arrancou um leve sorriso, e ele sorriu também. Deram-se as mãos e juraram manter viva na memória, para sempre, em homenagem ao filho ausente, aquela cena sublime.

Súbito, deram-se conta de que eram crianças crescidas em constante diálogo, cada qual ao seu modo, com o grande amigo imaginário que reina soberano e eterno nas mentes de toda a humanidade.

Senso de justiça

De novo, a mesma dificuldade. A folha do arquivo em branco no computador à sua frente, desafiando-o, e o juiz sem saber nem como, nem por onde começar. Não seria um discurso qualquer. Julgava-o mais importante do que o de três meses antes, quando tomara posse do cargo de desembargador. Tratava-se, desta feita, da mais alta condecoração deferida a um magistrado em todo o país, a de "juiz do ano".

Havia recebido uma ligação telefônica informando-o da escolha, sem maiores detalhes, nem suficientes explicações. Estava mergulhado numa profunda pesquisa de jurisprudência, com vistas a fundamentar seu voto num caso intrincado do qual era o relator, quando o telefone de seu gabinete tocou. "O presidente da associação nacional de magistrados quer falar com o senhor", disse, do outro lado da linha, a secretária incumbida de fazer o contato. O juiz o atendeu e conversaram longamente, como se fossem velhos amigos. O presidente era um sujeito muito simpático, extrovertido, excessivamente pândego, a tal ponto que, quando lhe disse da homenagem, o juiz chegou a duvidar de que fosse sério.

— É trote, não? — indagou.
— Doutor Célio Hungria, meu caro. Sou presidente da mais importante associação de magistrados do país. Não tenho tempo para brincadeiras tais! — e disparou uma gargalhada.

Célio desculpou-se e, mesmo cético, deixou que o outro conduzisse o diálogo, recheado de chistes e escarcalhadas do presidente, que só não lhe disse as razões pelas quais a associação o escolhera para tão elevada honraria.

— Deixe de ser modesto, doutor Hungria! O senhor sabe melhor do que eu o quanto é digno dessa homenagem!

O presidente ficou de enviar-lhe dados da solenidade por e-mail — dia, hora, local, hospedagem, passagens aéreas para si e para um acompanhante — e, de fato, enviou-os no mesmo instante.

Fazia um mês que recebera o telefonema e, na véspera da solenidade, o homenageado não conseguia sequer rabiscar a introdução de seu discurso de agradecimento. Incomodava-o a ausência de uma motivação conhecida, atual ou remota. Não que pretendesse, no discurso, destacar o fato motivador da comenda. Era, de fato, homem modesto, simplório, sem grandes ambições, avesso a holofotes. Jamais fora protagonista de qualquer acontecimento digno de notícia, senão em pequenos jornais de comarcas minúsculas por onde tinha passado. Quando alçado a comarcas de maior porte, no máximo tivera o nome citado em razão de uma ou outra decisão de certa relevância, mas jamais concedera uma entrevista sequer, nem mesmo a um jornal de bairro.

É certo que, em suas reflexões, considerava-se um juiz correto, um aplicador do direito que procurava agir em função da lei, que se esforçava para ser justo e errar o menos possível. Observava sempre e sobretudo a Constituição do país, suas normas e seus princípios, mas não fazia ideia do juízo que de si e de suas sentenças faziam os outros. Ainda assim, reputava evidente que essa condição era insuficiente para que dele se lembrassem para uma comenda de dimensão nacional.

Suas decisões, vez ou outra, sofriam reforma das instâncias superiores, o que o deixava melancólico, com a dolorosa sensação de ter cometido injustiça com seus jurisdicionados. Eram raras, é verdade, mas não dispunha de elementos de comparação, sequer imaginava qual fosse o desempenho de outros colegas.

Em trinta anos de magistratura, nunca fora lembrado para promoções por merecimento; galgara os degraus da carreira sempre em razão do tempo dedicado à função de julgar — por antiguidade, a bem dizer. E, de fato, por antiguidade ascendera, e só recentemente, ao cargo de desembargador, já próximo de se aposentar.

Por ocasião da posse em solenidade no tribunal, enfrentara idêntico problema: não sabia o que dizer. Logo ele, homem acostumado ao trato das palavras, dos despachos, das decisões, das sentenças, do vernáculo hábil e irretocavelmente empregado. E, desde a posse do novo cargo, também dos acórdãos de que tem sido incumbido de relatar.

Ocorreu-lhe que talvez fosse apto para julgar os outros, os fatos alheios, mas, definitivamente, não era bom juiz de si mesmo.

No discurso anterior, à falta do que dizer, de julgamentos que tivessem marcado sua trajetória — e ainda que se recordasse de algum fato do qual pudesse se jactar, não o teria feito —, limitou-se a agradecer aos amigos do tribunal, com quem convivera entre idas e vindas do interior, nas entrâncias precedentes, todos alçados ao grau de desembargador alguns bons anos antes dele. Nominou todos os que reencontrou ao chegar na corte e acrescentou nomes que só conhecia de acórdãos ou atos administrativos. Não se esqueceu dos servidores com os quais convivera desde que tomara posse como juiz substituto, ao ingressar na carreira; não todos, por evidente, porque a lembrança não os alcançava na totalidade e porque não caberiam em um discurso que pretendia que fosse breve. Citou uns e outros que, aqui e ali, haviam lhe servido diretamente. Destacou-lhes a lealdade, a fidelidade, a competência.

Até então, tinha consciência de ter sido promovido por exclusiva força do mérito da perseverança, vale dizer, por ter deixado o tempo escoar até que seu nome alcançasse o topo na lista da antiguidade. E, bem ou mal, conhecia os colegas e estes o conheciam. Agora era diferente, pois mal sabia que feições tinha o presidente da associação nacional que lhe telefonara, se era gordo ou magro, calvo ou não, tampouco se negro ou branco.

Em busca de um justo motivo que o fizesse merecedor de tal deferência, recorreu a revirar nos arquivos da memória seus poucos casos que tiveram algum efêmero rumor e nada se lembrou de especial. Jamais presidira um processo que envolvesse um político, famoso ou não, a quem tivesse aplicado pena de prisão ou cassação de mandato, uma celebridade qualquer que se envolvesse em escândalo, um assassino cuja crueldade tivesse merecido algum destaque na imprensa. Nada.

Recorreu aos seus casos recentes, já no tribunal, e nada encontrou que pudesse justificar a distinção. Foi assim, repuxando os tênues fios da memória, retroagindo do tribunal para a última comarca, desta para a anterior, daí para outra, até retornar ao seu primeiro caso, que havia julgado como substituto, e nada!

Esse exercício de retroceder as recordações o fez lembrar-se de um caso ou outro em especial, embora nenhum de alta relevância que justificasse o prêmio. Recordou-se do jornalista de uma cidade de porte médio que se tornara réu em recorrentes processos movidos por políticos e outros poderosos locais, incomodados com sua verve intrépida e independente, a quem absolvera todas as vezes em prestígio à liberdade de expressão e de imprensa; da empresa de outra cidade cujos sócios, rompida a sociedade, envolveram-se numa interminável disputa pelos haveres, tão longa e insana que o que eram haveres tornaram-se deveres; dos incontáveis pais que se recusavam a pagar pensão aos filhos e, à conta disso, tornavam-se hóspedes forçados de prisões civis; das múltiplas ações de investigação de paternidade; das invencíveis brigas de vizinhos por qualquer bobagem no juizado especial.

"Ê, miserê!", riu-se em pensamento ao se lembrar da expressão de um colega, doutor Cássio Barbosa, que, numa dessas retumbantes audiências entre vizinhos, comparou-as aos programas vespertinos de auditório da televisão especializados em explorar os dramalhões da vida real, o mundo cão.

As brigas entre vizinhos levaram suas recordações à própria infância, vivida num bairro pobre na periferia da cidadezinha onde nascera. Veio-lhe especialmente à lembrança o dia em que brincava com o primo Zé Maria e uma prima comum que mal completara o primeiro aniversário.

O primo Zé Maria era menino encapetado, hiperativo — levado da breca, dizia a mãe do pequeno Célio. Morava do outro lado da cidade, o que o tornava desconhecido ali, na vizinhança. Tinham ambos seis ou sete anos de idade. Brincavam na frente da casa de tia Lúcia. A menina estava só de fraldas, engatinhando no patamar localizado no alto da escada de três ou quatro degraus que separavam a porta da casa do chão da rua. Zé Maria começou a mexer na fralda da bebê, insinuando que quisesse tirá-la. Célio mal compreendeu o que o primo fazia ou tencionava fazer.

Passava defronte à casa de tia Lúcia uma vizinha de nome Nair. Ao ver os movimentos suspeitos do pequeno Zé Maria, a quem não conhecia, dona Nair gritou:

— Lúcia! Olha o Celinho querendo tirar a calcinha da sua filha!

Tia Lúcia não pensou duas vezes; não teve o cuidado que Deus tivera ao chamar por Adão antes de aplicar-lhe o castigo. Correu até a porta da casa e, sem fazer qualquer pergunta, deu uma surra no sobrinho Célio, e somente nele. Ali mesmo, no meio da rua, à vista de todos. O menino jamais tinha apanhado de quem quer que fosse, nem da própria mãe ou do pai, nem antes, nem depois do vexaminoso episódio.

Ao se lembrar do fato, ocorreu ao doutor Célio que o gesto irrefletido da tia fora responsável por despertar, tão precocemente, o senso de justiça em seu espírito de menino. Compreendeu que ali havia brotado a consciência que por toda a vida o acompanharia, da importância do direito à defesa e ao contraditório. Conjecturou que, ao longo dos anos, o ocorrido sedimentara em seu íntimo o valor absoluto que sempre atribuíra, durante toda a carreira, ao que o direito designa como devido processo legal.

A lembrança trouxe-lhe à mente a figura de sua mãe, sempre justa e sábia. A tia era a mais nova e única viva de sete irmãos. "Uma caçula de oitenta e cinco anos", costumava brincar. A título de render homenagem à saudosa mãezinha, falecida logo depois de ter sido empossado no cargo de desembargador, Célio resolveu convidar a tia para a cerimônia. Seria uma viagem longa até Brasília, e de avião, novidade para ela, que se achava firme e forte. Lúcida, esperta, ela dominava como nenhum outro de sua faixa etária o computador, o celular e as redes sociais. Sozinha residia e sozinha ia às compras, à missa aos domingos, a médicos, centros de saúde e farmácias. Ela topou sem pestanejar e externou com lágrimas o quanto o convite a alegrava. "A mim também, tia", disse, comovido, abraçando-a, o doutor Célio Hungria, excelentíssimo desembargador do egrégio Tribunal de Justiça do estado de São Paulo.

Incapaz de redigir o discurso de agradecimento, o juiz abandonou a tarefa e deixou para decidir o que dizer quando chegasse a hora. Não tinha amigos na diretoria da associação, não saberia sequer relacionar os nomes a quem haveria de agradecer.

No dia aprazado, chegou com a tia ao local do evento bem antes do horário. Conheceu, enfim, pessoalmente, o presidente da associação — sujeito pardo, imenso, dono de farta papada e cabelos ralos, um bonachão. Conheceu também a vice-presidenta e alguns diretores. Só teve a dimensão real da importância da cerimônia quando soube da presença de dois ministros da Suprema Corte, do procurador-geral da República, de um ministro de estado e outras autoridades de semelhante relevância. Foi, de fato, sua primeira experiência diante dos holofotes das emissoras de televisão e de jornalistas que cobriam o evento.

Chamaram-no para ocupar seu lugar na mesa dirigente dos trabalhos, o que o obrigou a deixar a tia sozinha em meio à plateia que lotava o auditório. Em seguida, convocaram-no para ocupar o púlpito e fazer seu discurso.

O doutor Célio Hungria caminhou calmamente até o local, ajeitou o microfone e retirou do bolso um papel em que havia anotado, à última hora, os nomes de alguns presentes, dos que lhe pareceram mais ilustres. Acertou os óculos, olhou para o papel, voltou os olhos para a plateia, redirecionou-os para a mesa e foi saudando um a um, do presidente da associação de magistrados e ministros ao advogado que representava a Ordem. Dentre os demais presentes, fez especial saudação ao colega de Tribunal de Justiça que se deslocara até ali para prestigiá-lo, designado pela presidência da corte paulista.

Terminadas as saudações, agradeceu a honraria e, com franqueza, disse não se achar digno dela e que não compreendia a razão de ter sido o escolhido, o que soou como expressão de modéstia e só fez crescer nos presentes a convicção do acerto da escolha. Foi quando seu olhar encontrou, na plateia, a tia que o acompanhara até ali.

— Queria também poder agradecer aos meus saudosos pais, ao meu pai que se foi desta vida ainda muito cedo, quando eu mal completara cinco anos de idade, e à minha mãezinha, mulher batalhadora a quem devo tudo que conquistei ao longo da vida. À falta deles, no entanto, quero homenageá-los dirigindo-me à tia Lúcia, cuja presença aqui muito me honra e me emociona.

A voz embargou. Passado curto lapso de tempo, ele conseguiu completar, com ar grave:

— Tia, minha amada tia, única irmã viva de minha mãe. Talvez a senhora não saiba, mas devo-lhe o despertar, em meu espírito, ainda menino, do senso de justiça que me acompanhou por toda a vida e que se fez inestimavelmente útil em minha função de julgar. Estou certo de que a senhora é a razão de eu estar aqui, hoje, recebendo este prêmio.

Encerrou assim seu discurso, em meio a tímidas lágrimas, e ouviu palmas protocolares, precedidas de breve silêncio, em que a plateia pareceu aguardar a continuidade da preleção. A tia, muito comovida, debulhou-se num pranto sincero, sem jamais desconfiar da razão do agradecimento.

Traído pelas ondas

Estava já desistindo quando a avistei apeando do táxi. Uma hora de atraso! Levantei-me para cumprimentá-la.

— Desculpe-me, acabei me perdendo. Fui à rua de Matacavalos, à do Fogo, até que localizei a anotação do endereço escondida num canto da bolsa. E esses números semelhantes, 174, 147, também me confundiram — disse-me, retirando as luvas e deixando exposta a agradável nudez de suas mãos.

Cumprimentei-a com um beijo em cada face, tocando-lhe a mão direita.

— Sem problema. Importa é que veio.

Confesso que esperava vê-la em trajes sóbrios. Generosa, no entanto, ela compartilhava com os comuns dos mortais a harmonia de suas formas perfeitas, exibidas num vestido preto, curto o suficiente para despertar instintos não propriamente nobres em um homem que se pretende decente. A roupa acentuava-lhe o torneio provocante das coxas e, de alças, divulgava um par de seios fartos e deleitosos. Avaliei, de mim para mim, que as vestes lhe conferiam ares de certa frivolidade, em descompasso com a imagem aristocrática que dela eu fazia.

— Tudo bem com você? — perguntei, ainda segurando sua mão direita com suave firmeza, sem que ela oferecesse resistência. Era mão macia, delicada, quente, levemente úmida. Se pudesse, não a soltaria jamais.

Minha entrevistada sentou-se junto à mesinha de rua em que eu a esperara por mais de hora, na calçada defronte à cafeteria, número 174 da rua Cosme Velho. Perguntei se queria entrar.

— Está bom aqui.
— Ótimo. Podemos começar?

Ela tirou da bolsa um isqueiro e um maço de cigarros. Levou um deles à boca.

— Não sabia que fumava — observei.
— Hábito recente. Desconhecia este utensílio — disse-me, acionando o isqueiro.

Distanciei minha cadeira da mesinha redonda para apreciar-lhe as pernas. Ela as cruzou com elegância e vagar, como se compreendesse e fizesse questão de corresponder à minha expectativa. O cigarro entre os dedos, levado à boca, e o movimento para tragá-lo realçavam seus lábios carnudos, vermelhos de batom. Ela soltou a fumaça, olhando-me interrogativa, e sorriu, desafiando o sol com a luminosidade de seus dentes alvíssimos. Desconcertado, eu mal sabia como começar.

— Quer pedir alguma coisa? — indaguei. — Já tomei uns três cafés enquanto a esperava, mas posso acompanhá-la em mais um.

— Pode ser.

Voltei os olhos pelo entorno e para dentro da cafeteria, ao fundo da qual estava a atendente, distante e de costas para nós. Ergui os braços e assim os mantive, até que lhe chamasse a atenção. Ela trouxe o cardápio e aguardou em pé, entre nós, e pude apreciar a beleza da garçonete de pele morena e bem cuidadas tranças que revelavam o orgulho de sua afrodescendência.

Enquanto minha entrevistada escolhia o que pedir, notei que por vezes lançava olhares oblíquos em minha direção. Ela optou pelo brunch, uma cestinha de pães, geleia, fatias de queijo e presunto e outras iguarias. Nada pedi, incapacitado que estava para raciocinar e fazer escolhas. Um suor frio escorria-me pelo corpo.

A cesta servia bem a duas pessoas e ela fez questão de dividir comigo. Enquanto comíamos, passou por nós o músico do lugar, famoso cartunista, que chegava com seu saxofone para a apresentação logo mais à noite. Cumprimentei-o apenas movendo as sobrancelhas.

Terminado o lanche, fiz à convidada ilustre a primeira pergunta, algo banal, a título de aquecimento, e me detive a admirar suas feições atrevidas, em que se destacavam dois olhinhos perversos e a boca polpuda que ela parecia oferecer-me.

Ela gesticulava graciosamente com as mãos enquanto me respondia. Aproximei a cadeira para que, sempre que fizesse as perguntas, pudesse também mover minhas mãos com o intuito, que eu procurava dissimular, de tocar as suas. Tive êxito amiúde, cuidando para que os toques parecessem acidentais. E como foi excitante sentir a maciez, o calor e a delicadeza de suas mãozinhas! Meu desejo era segurá-las entre as minhas e beijá-las, e seguir beijando seu braço até alcançar-lhe o pescoço. Atribuo à ética profissional os esforços sobre-humanos que tive de fazer para conter a ânsia de acanalhar-me. Minha mente havia se transformado numa colônia de pensamentos lascivos que tornaram meu corpo febril e fremente.

Enveredei por fazer-lhe perguntas sobre seu relacionamento com o ex-marido. Ela contou o quanto era tóxica a relação, permeada de hipocrisias e falsas aparências.

— Mas os relatos dele revelam um homem apaixonado — objetei.

— Um cínico, isso sim. Extremamente ciumento, possessivo. Opressor, desconfiava de tudo. De tudo!

Eu anotava as respostas em um caderninho, à moda antiga, sem gravador ou celular. A ocasião merecia uma entrada ao vivo, uma live, mas não tive coragem de sequer sugerir.

Temi desagradar quem, a meu sentir, praticava com habilidade o jogo da sedução e supus que ela preferisse discrição.

Enquanto fazia as anotações, observei que ela me fitava como se medisse cada parte do meu corpo. Cada gesto seu alimentava minha convicção de que quisesse me conquistar. Meu coração disparou, abriram-se as asas dos meus devaneios e minha alma escapou em voo cego. Estava desorientado, com sensação de desequilíbrio, atraído por seus ombros e braços nus, e foi difícil conter-me para não cometer uma grave deselegância. Por mais de uma vez, senti-me tragado por seus olhos, puxado para dentro de si, como ondas que me arrastassem para o fundo do mar. Era como se ela se despisse e se oferecesse para que eu invadisse seu corpo e sua alma. Por pouco não capitulei.

Terminada a entrevista, senti meu espírito leve, saciado, ao cabo de uma viagem por minhas mais delirantes fantasias. O corpo, porém, ainda suava e tremia, prolongando o regozijo experimentado.

Acompanhei-a até o táxi. Busquei sua mão direita, segurei-a e acomodei a palma de minha mão livre em sua face esquerda, fazendo suave pressão para trazer-lhe o rosto à frente. Despedi-me com um beijo demorado na face oposta, muito próximo do vértice que une seus lábios, e tive o prazer derradeiro de sentir o calorzinho úmido do cantinho de sua boca.

Quando o automóvel partiu, eu estava ainda mais perturbado do que no início da entrevista, decepcionado por não ter tido a coragem de formular a questão para a qual havia me preparado desde que lhe fizera o convite. Não consegui mais contatá-la, nunca mais soube dela, de modo que carregarei ao jazigo perpétuo o arrependimento por não ter feito a pergunta de milhões — capítulo inconcluso de minha vida —, se ela havia ou não traído o marido, desconfiança que ele próprio exteriorizara em seu histórico relato.

Paguei a conta na cafeteria e caminhei em direção ao estacionamento. Um bando de andorinhas deixou ruidosamente o emaranhado de fios dos postes e revoou pelo céu da Cidade Maravilhosa, que começava a enegrecer.

Na manhã seguinte, a caminho da redação da revista para concluir a matéria, olhei atentamente cada banca de jornal com que cruzei. Temia ver estampada a manchete que, em pesadelo, havia me feito acordar sobressaltado, a ponto de perder o sono pelo resto da noite: "Jornalista é acusado de assédio sexual durante entrevista".

A parede branca

A sala de estar de minha casa é o meu lugar preferido. É onde sempre procurei passar mais tempo, às voltas com meus crochês e bordados, ou lendo, ou simplesmente empreendendo viagens em meus pensamentos, recostada na confortável poltrona acolchoada, defronte à televisão. É onde me encontro neste momento, embora não na poltrona, porque há meses me puseram em cadeira de rodas. Estou presa a esta cadeira, a olhar para o branco da parede desde que Alice, a faxineira, aqui me posicionou há pouco com a promessa de que limparia a sala e rápido me recolocaria de volta diante da TV.

Estava assistindo a uma telenovela, num desses canais de reprise, quando ela me serviu um copo de leite gelado e me abandonou aqui, ligou o irritante aspirador de pó e principiou a limpar o cômodo. O barulho ensurdecedor do aparelho passou a servir de fundo musical, bem apropriado para este momento em que olho para este branco angustiante. Teresa, minha filha, já havia saído, dizendo que iria ao mercado e voltaria logo, mas o relógio de pedestal da sala de jantar já tocou em duas ocasiões, o que indica que se passaram duas horas cheias desde então.

Herança dos avós de meu marido, o imponente móvel talhado em mogno toca a cada hora redonda, em correspondente número de badaladas. É um som suave, não muito alto, agradável aos ouvidos. Não percebi quantas batidas soaram nas duas ocasiões. Vou prestar atenção na próxima. Pelo tempo transcorrido, sinto que já passa do meio-dia.

A parede defronte à qual me encontro não tem janela por um capricho meu. Osvaldo não a desejava desse modo, queria a casa naturalmente iluminada e ventilada. Dizia que era importante o contato direto com a natureza, ao menos com a luz do sol e o frescor do vento. Afirmava que era bom para a saúde física e mental. Osvaldo sempre teve preocupações exageradas com o que diz respeito à mente, decerto porque haveria de ter seus problemas, já que a mim era questão que não dizia respeito.

Atrás dela, está nosso vasto quintal, a bela vista de que se ressentia meu falecido esposo, e isso porque eu não queria que, da rua, através do portão e pela janela, um curioso qualquer nos espiasse na intimidade, enquanto estivéssemos à mesa. Entre a sala de estar e a de jantar, não há divisão, outra exigência minha, de modo que, de fora, qualquer um poderia nos ver almoçando ou jantando. Para essa decisão, considerei os tempos que vivíamos quando construímos a casa. Éramos ainda apenas noivos e, à época, pessoas costumavam pedir esmolas nas esquinas, nos semáforos, nas portas de igrejas e restaurantes e, o que mais me perturbava, de porta em porta. Essa realidade foi-se modificando, ora em alta, ora rareando, mas é fato que o tempo das vacas magras voltou de uns anos para cá e dou graças aos céus por ter-me mantido firme em minha deliberação. Bem sei que a caridade é importante e compreendo, como cristã, que Deus coloca essa gente pobre em nosso caminho não para nos incomodar, mas para nos testar, para pôr à prova nossa fé e bondade, nossa capacidade de auxiliar os que mais necessitam. Desde menina, porém, estabeleci que minha privacidade é o meu limite e sei que Deus, misericordioso, há de me compreender.

Brigamos, eu e Osvaldo, porque ele queria que, à falta da janela, pelo menos o relógio de torre fosse colocado diante da parede para cujo vazio olho neste momento, ou que recebesse cortinas, ou a aplicação de papel apropriado, qualquer coisa que a decorasse, porque o branco o torturava. Exagerado. Bati o pé e meu amado marido respeitou minha vontade.

Meu desejo, neste momento, é sair deste desconforto. Alice me esqueceu aqui postada, com o nariz quase encostado neste painel branco que deve ter uns quatro metros de largura por igual medida de pé-direito, se eu não estiver enganada, de modo que tenho diante de mim uma alvura imensa e mais nada, absolutamente nada. É como estar sentada na poltrona central da primeira fila de uma sala de cinema sem um filme para ver. Estou há horas a olhar para a parede, sem conseguir enxergar à esquerda ou à direita e impossibilitada de mover o pescoço sequer para visualizar o forro ou o soalho, graças à maldita doença que me consome segundo por segundo, ao ritmo das suaves pancadas do pêndulo do relógio, ten... ten... ten... É tão elevada que o só movimento dos olhos não me permite alcançar o gesso que contorna o teto.

    Tenho a cabeça caída o tempo todo sobre o peito ou sobre um dos ombros e, para inverter quando a posição me enfastia, dependo da generosidade de alguém, geralmente Teresa, que me abandonou aqui nesta aflição. Foi Teresa quem contratou a faxineira, que está conosco desde o exato dia em que não fui mais capaz de me expressar. Por conta da evolução da doença, parei de falar e mal mexo os dedos. Ela veio logo depois que pedi a Teresa que dispensasse Olinda. Deve ter sido a última coisa que consegui balbuciar, já com esforço sobre-humano, tal era meu estado de nervos por conta de a desastrada ter quebrado um prato pintado à mão, que ganhei de presente de casamento e preservei com zelo por mais de cinquenta anos.

    Teresa, porém, me arranjou outra negra para o lugar de Olinda, e eu tenho uma dificuldade imensa para lidar com pretos. Eu devia ter dito a ela para não contratar outra preta. Nada contra a raça, nada pessoal — que o diga minha amiga Ester, que lecionou comigo até nos aposentarmos, negra honesta e generosa, de alma límpida, mais alva do que muitas brancas com as quais me relacionei por toda a vida, mas todos sabemos o quanto, em geral, essa gente é insolente e mal-educada. Parecem estar o tempo todo com raiva de gente branca, cobrando-nos por uma escravidão que ficou no passado. A abolição tem mais de um século. Não entendo essa implicância, essa cobrança, como se eu fosse culpada por fatos ocorridos há duzentos, trezentos anos.

Compreendo a dificuldade de Teresa para encontrar uma boa moça disposta a lavar, passar e faxinar diariamente a casa, que é bem grande. O fato é que não temos muita escolha. E os preços cobrados, de repente, foram às alturas; as domésticas, todas cheias de direitos, registro em carteira, piso salarial, fundo de garantia, previdência, uma exploração! Cuidei pessoalmente desses detalhes quando Marcelina pediu demissão, cinco anos atrás, depois de conviver conosco por mais de duas décadas. Era uma menina quando a acolhemos em casa, mulata bonita, dezesseis anos à época, mais nova do que Teresa. Veio pedir ajuda. Chegávamos em casa, eu e Osvaldo, quando ela nos abordou no portão. Queria alguma coisa para comer. Eu, que sempre temi essas abordagens... Deus escreve certo por linhas tortas, comentei com meu marido. Era tão bela que meu coração imenso sentiu na hora que eu deveria ajudá-la além do que ela necessitava. Osvaldo concordou e a convidamos para entrar. Conversamos depois com seus pais, eles aprovaram. Estavam desempregados, passavam por graves necessidades.

Marcelina já tinha mais de quarenta quando nos deixou. Morou conosco, na edícula que construímos no fundo do quintal. Competente, responsável, era como se fosse da família. Estava sempre disposta a nos atender, fosse a hora que fosse, e não importava se era sábado, domingo ou feriado, se chovia ou fazia sol. Recentemente, eu a vi num programa de televisão, desses que tratam de culinária. Apresentou-se como Márcia, mas eu a reconheci, sem dúvida. Ela é chefe de cozinha num restaurante famoso da capital. Já morou e trabalhou no exterior, voltou e agora faz sucesso no próprio país. Fez questão de dizer que tudo o que aprendera devia ao tempo em que passara cozinhando numa casa de família, em sua terra natal. Não mencionou nossos nomes, a ingrata, mas era a nós, à nossa família, que ela se referia. Nunca fui fã da comida que ela preparava. Era bem-feitinha, devo admitir, e ela merece a conquista que nós lhe proporcionamos. Depois de Marcelina, quantas vezes tive eu mesma de cozinhar, lavar, passar minhas roupas e de Teresa. Osvaldo já havia sido assassinado na época, e foi por isso que eu mesma tive de cuidar das tratativas legais. Sozinha. Para coisas importantes, não posso contar com minha filha, para quem tudo é sempre muito difícil, muito complicado.

É, pelo jeito, Teresa vai demorar. Deve ter ido encontrar-se com Sabrina. Ficar olhando para esta imensa tela branca, à minha frente, abre um canal de reprises que se projetam de minha mente, invadida por uns pensamentos bons, que me acalentam o espírito, mas acaba tomada por lembranças horríveis, como a morte trágica de meu marido. Já não estávamos financeiramente bem à época do crime, pois as reservas, frutos da venda das usinas de açúcar da família para um grupo estrangeiro, rapidamente derretiam, como o próprio produto que outrora fabricavam. Eram tantos os herdeiros, filhos, netos, bisnetos, a família foi-se multiplicando e os quinhões restaram aquém das expectativas e das necessidades. Deus sabe o que passamos, quase tivemos de vender a casa.

Como Osvaldo me faz falta. Algumas vezes, eu o chamei de inútil, mas amei sinceramente aquele homem. E como era bonito! Nós nos conhecíamos desde a infância, colegas de classe desde a primeira até a última série. Ele, filho de usineiros, lindo, era um gentleman. Encantou-se pela menina mais bela da escola e começamos a namorar. Logo depois, venci o concurso de miss da cidade. Minha principal concorrente era Ester, a mesma que viria a ser minha colega, professora na escola em que lecionei. Belíssimo espécime da raça, preta de alma branca, eu lhe dizia, elogio a que ela me agradecia exibindo seu lindo sorriso. As más-línguas, claro, não deixaram de dizer que eu havia vencido por interferência do meu namorado, filho da família mais influente do lugar — influência que, por aquela época, irradiava-se por todo o país. E houve quem dissesse que Ester perdera porque a cidade era muito preconceituosa e não admitiria uma representante de cor, que bobagem! Importa é que a história registra que eu venci.

 Teresa que não volta. Por onde andará essa menina? Menina já passada dos cinquenta, a caminho de se tornar oficialmente uma idosa, embora mantenha o ar gracioso da juventude. É bonita, a danada. Tem a quem puxar, modéstia às favas. Está sempre se cuidando, faz academia, ioga e psicanálise — tem lá seus problemas psíquicos, como o pai. Toda manhã, faz caminhada, quando não sai com sua bicicleta a pedalar pelas ruas da cidade. Teve vários pretendentes, mas jamais se interessou por qualquer deles. Vive para lá e para cá com Sabrina, amiga desde a infância, boa moça, de excelente estirpe — gente que se preocupa sinceramente com os bons valores da família e da sociedade.

 Certa feita, após uma briga com o pai, já nem me lembro o motivo, Teresa disse que iria embora de casa. O pai perguntou, com seu jeito irônico e irritante de tratar dos assuntos sérios que o desgostavam, acaso a menininha rebelde, ovelha negra da família, tem para onde ir? Tem como se sustentar? De plano, ela respondeu que iria viver com Sabrina. Osvaldo enlouqueceu. Tirou o cinto de couro, deu-lhe uma boa sova, com tanta força que eu fiquei para morrer de dó, mas optei por não me meter, porque conhecia o gênio de meu marido.

 Marcelina quis intervir, eu a impedi. Ele estava certo. Afinal, de que iria viver uma moça sem trabalho, sem profissão definida, sem fonte de renda alguma? Morar longe dos pais para viver na dependência de nossa generosidade? Ademais, seu gesto foi de desafio à autoridade do pai, o que nem eu nem Osvaldo jamais admitimos. Era um moloide, reconheço, mas ele fez o que tinha de ser feito. O bom senso prevaleceu e minha filha está em casa até hoje, o que muito me alegra, especialmente depois que meu marido foi assassinado, e ainda mais agora, nas condições em que me encontro.

    Osvaldo foi morto por um homem negro. Seu algoz era funcionário do serviço de água do município que adentrou pelo portão de casa para verificar a medição do consumo. Alguém havia esquecido aberto o portão. Osvaldo estranhou um homem entrando em casa sem pedir licença e fez menção de ir até ele. Lembrei-o da arma sobre o guarda-roupa, ele disse que não havia necessidade. Amedrontada, insisti para que a levasse, disse-lhe que o sujeito poderia ser perigoso e ele acabou cedendo a um pedido meu pela vez derradeira. Foi até o rapaz com a arma no bolso traseiro da calça. Trocaram umas palavras ásperas. Ouvi meu marido, muito nervoso, chamar o outro de "macaco". Entraram em briga corporal e o homem preto tomou-lhe a arma. Deu-lhe um tiro, um único disparo, jogou o revólver no canteiro de flores e fugiu.

    O tiro foi certeiro, bem no coração, e Osvaldo morreu na hora. O caso foi parar nos jornais e telejornais da região e até da capital. Foi tratado pela imprensa, ora vejam, como ato de racismo, como se a vítima fosse a culpada! Felizmente, os jurados, pessoas honradas da cidade, não se deixaram levar por essa lenga-lenga. O assassino foi condenado a mais de vinte anos de prisão. Oro a Deus para que, em sua infinita bondade, tenha compaixão de sua pobre alma, mas que seu corpo apodreça na cadeia!

    Maldita Alice que não me põe de volta, nem ao menos vem ver como estou, aliviar o pescoço, cansado já desta posição. Preciso que me inverta o lado, que me tombe a cabeça sobre o outro ombro. Tenho que me distrair, nem que seja para ficar observando o movimento infinito do pêndulo do relógio e voltar a ver minha interminável novela. E esse barulho! Vou pedir a Teresa que dispense essa inútil também, mas não consigo mais me comunicar, senão com grunhidos que raramente são compreendidos pelos que os ouvem.

Estou aqui por essas horas todas, estática, num sofrimento solitário e sem perspectiva, sem qualquer coisa que me desvie a atenção desse gigantesco afresco opalino à minha frente, feito de alvenaria, pintado e repintado de perturbadora e impecável alvura, em que não se vê um só buraquinho, uma lasca ou trinca, uma ondulação qualquer, sequer uma mancha, e quem está a dizer é quem teve a infinitude do tempo para examiná-lo ponto por ponto. Perdi, na verdade, o senso temporal. Tenho a impressão de que essas horas todas, se é que horas se passaram de fato, já se multiplicaram em dias, em anos, projetando-me na eternidade, em que cumpro a pena perpétua a que fui sentenciada por Alice, condenada a passar o resto dos meus dias olhando para este sepulcro caiado em que as minhas memórias jazem e de onde ressurgem como zumbis.

Que falta me faz Osvaldo. Que falta agora faz a janela que você tanto queria, Osvaldo! Que ideia infeliz a minha. Eu poderia agora estar apreciando o quintal, o jardim e suas flores, distraindo-me com o espetáculo dos beija-flores a bailar entre as helicônias e ixoras, a rua ao longe e seu movimento, as pessoas caminhando em seu ir e vir entre o centro e os bairros, qualquer coisa que realmente me distraísse. Sinto falta da luz do sol e do frescor do vento, Osvaldo! É primavera e o insuportável calor antecipa o que será a próxima estação.

Essa negra infeliz me condenou mesmo a passar toda a eternidade com os olhos abertos e voltados para esta parede branca, dolorosamente branca, e o flagelo me dilacera o coração, que está prestes a explodir a qualquer momento.

No alvor intenso e gigantesco à minha frente, eis que vejo a projeção do quintal, como se de repente surgisse uma janela, como se não houvesse mais a parede. Posso ver com perfeição o jardim, só que as flores estão murchas, os galhos nus e as folhas secas da laranjeira espalham-se pelo chão. Vejo as grades do portão e o bulício do gentio em seu vaivém, uma horda de pedintes que se aglomera diante da casa e fica me olhando, me olhando, riem e me olham. Como num sonho, eu me sinto nua, indefesa, e aquelas pessoas ameaçando invadir minha casa. É quando reconheço, dentre os esmoleres, o negro que matou Osvaldo. Ele está armado e veio para se vingar. Ele salta o portão, entra e começa a correr atrás de mim, mas eu não consigo correr, as pernas não me obedecem, estou presa a esta cadeira. Ele vai me matar, o negro desgraçado quer me matar, e eu não tenho como fugir. Permaneço imóvel, enquanto ele corre em perseguição a mim, e esse correr e não correr me sufoca.

Num átimo, como no desarranjo de um pesadelo, um erro de continuidade de um filme, não é mais o negro que me persegue com a arma em punho. É Osvaldo. Vejo bem seu rosto, em close, na tela grande de cinema em que de fato se transformou a parede, e ele me fita expelindo ódio pelos olhos. Lá fora, dentre os miseráveis que ameaçam invadir minha casa, reconheço dois ou três rostos, homens que riem, dos quais fui amante, fatos de que Osvaldo jamais soube e que deve ter tomado conhecimento no plano existencial em que todas as verdades são reveladas. Agora ele quer me castigar, quer se vingar de minhas traições, e ouço um estrondo. Deveria ser um estampido, mas o som exacerbado de sala de cinema faz do tiro que Osvaldo me dá uma explosão ensurdecedora, um canhão que me atinge o peito e estoura meu coração.

Sinto deveras o sangue me escorrer por dentro, não pelas artérias, mas espalhando-se pelas entranhas, envolvendo e encharcando órgãos e vísceras. Um calor invade minhas pernas e sobe pelos braços, toma meus seios, chega ao pescoço, irriga minha cabeça até atingir o cérebro, como lavas incandescentes de um vulcão que acabara de entrar em erupção e que, no trajeto, fossem engolindo e desintegrando cada parte do meu corpo.

Ah, se Alice soubesse o mal que me causa, a desgraçada! Desde que a vi pela primeira vez, eu pressenti que ela seria responsável pelo meu fim. Nada mais ouço, nem os pássaros que até há pouco gorjeavam, nem o coro constante e incansável das cigarras, súbito emudecidas. Nem Alice, nem

Teresa, onde estão? Até o ruído ensurdecedor do aspirador de pó me falta neste instante. Do relógio da sala também nada ouço, sequer o movimento suave e ritmado do pêndulo, as badaladas de hora em hora. As pessoas da rua, como eu gostaria que agora me vissem, para que ao menos eu pudesse pedir-lhes socorro. Já não sinto sede ou fome, cansaço, necessidades fisiológicas, nem dor alguma, a não ser a dor na alma que me provoca esta tortura. E esta febre. Daria minha vida por outro copo de leite gelado que baixasse esta febre que me devasta por dentro.

A branquidão opressiva da parede me aniquila a conta-gotas, como a doença que me consome fibra a fibra. Nela agora vejo projetada a minha própria imagem, como um grande espelho a refleti-la, e posso contemplar a cândida tez do meu rosto, os meus cabelos encanecidos, imagem que vai esmaecendo, esmaecendo, lentamente, até sumir de vez e ressurgir diante de mim a alvura excruciante. Diabólico mural, imensa folha de papel aguardando uma história a ser escrita. Amaldiçoo esta tela de cinema que, sem mais filme a projetar, explode em bruma que me envolve, me absorve, me prostra, abúlica, e me entrega às nuvens, à visão do paraíso, onde haverei de encontrar Deus, com sua túnica imaculada, sua longa barba de algodão e sua infinita misericórdia.

Eu e Deus

Quando vi o anúncio, fiquei curioso e por mera curiosidade eu fui. Estava escuro e caminhei por umas quebradas por onde não costumava passar nem durante o dia. O céu era um negrume só. Não havia uma mísera estrela e dos postes vinha uma luz muito fraca. Não demorou, começou a trovejar e relampear insistentemente. Pelo caminho, mais igrejas do que bares e, nos bares, homens e mulheres jogavam bilhar e falavam e cantavam muito alto, embora não tão elevado quanto os fiéis que oravam e entoavam hinos a um Deus cada vez mais surdo.

Uma chuva fina escalou até que viesse abaixo um aguaceiro. O pouco de luz que vinha dos postes apagou-se. As igrejas se fecharam e nos bares não havia espaço para mais ninguém. Só me restou seguir em frente e umas dez quadras depois cheguei. O chuvaréu havia amainado, meu corpo estava todo molhado e eu, exaurido.

De fato, como me haviam dito, havia um ônibus estacionado com uma placa indicando o destino esperado. Algumas pessoas conversavam no entorno do veículo. Apesar da indicação expressa, resolvi indagar sobre o destino, a título de mera confirmação, e um sujeito negro, alto e forte me disse, rindo:

— Vai para onde Deus quiser!

Depois esclareceu: ia mesmo para o destino que me haviam dito, um lugar paradisíaco, como dizia o anúncio. Seria uma aventura, um mergulho no desconhecido, mas deliberei, sem muito pensar, que valeria a pena. Sem ter avisado a ninguém, adquiri a passagem e embarquei. Dentro do ônibus, havia outras pessoas já acomodadas. Sentei-me numa das primeiras poltronas, próximo da janela, do lado esquerdo, onde não bateria sol durante o dia, na esperança de que ninguém se sentasse ao meu lado. Não estava a fim de papo, queria relaxar e dormir profundamente. A viagem seria longa, segundo me informaram.

Minutos depois, o motorista adentrou e, com ele, todos os que conversavam do lado de fora. Cada qual tomou seu assento e o ônibus partiu. A poltrona ao lado da minha, para meu desgosto, foi ocupada por uma senhora que sequer olhou para mim, nem ao menos para pedir licença.

Mal o ônibus deixou o lugar, eu apaguei. Acordei num lugar tão escuro quanto de onde havia partido. A velhinha já não estava mais ao meu lado e, além de mim, não havia mais ninguém no veículo. Não fazia ideia do que pudesse ter acontecido com os demais, se haviam sido ágeis para descer ou se o ônibus tinha feito escala em outros pontos.

Antes de apear, quis puxar prosa com o motorista, um sujeito gordo, careca, de bigode avolumado que mal escondia seus enormes lábios roxos. Indaguei sobre onde estávamos e o que havia acontecido com os demais passageiros, mas ele se recusou a dar qualquer informação. "Ordens da companhia", disse-me, como se se tratasse de segredo de estado.

Eu não havia trazido nada, a não ser a carteira com algum dinheiro e documentos, nem ao menos uma mochila com roupas íntimas. Desci os degraus do ônibus e uma mulher — supus que fosse mulher, pelos modos gentis — me abordou. Com voz que não me permitia reconhecer o sexo, ela me disse "por aqui, senhor!".

Apesar do escuro, pude perceber tratar-se de pessoa loura, de olhos intensamente azuis, toda trajada de branco e laço azul no pescoço, insinuando uma gravata, semelhante a um uniforme de aeromoça. Indaguei-lhe o nome, mas ela nada respondeu. Manteve a postura altiva de comissária de bordo, caminhando com o olhar levemente para o alto, o nariz empinado, em silêncio absoluto, a passadas de modelo em passarela de moda, e tão magra quanto.

Segui-a um pouco atrás, tentando alcançar-lhe os passos, e nem percebi o caminho que fizemos. À medida que caminhávamos, rapidamente a noite cedia para a aurora e logo era dia claro. De repente, estava eu no alpendre de uma casa enorme, onde um sujeito magro, de barba bem aparada e cabelos grisalhos que escorriam até seu pescoço, relaxava numa rede. Nas mãos, um livro imenso que ele lia, absorto. Ao perceber nossa presença, ele abriu um sorriso, fechou o livrão e me disse:

— Seja bem-vindo, filho!

O simpático anfitrião aparentava ter uns cinquenta anos de idade. Era alegre, expansivo, jeitão de boa-praça. Fez graça, brincando com a pessoa que havia me trazido até ele.

— Gostei do novo corte! — comentou sobre o cabelo curto da moça. Ou rapaz, não sei.

Fiquei atento, aguardando que ele chamasse pelo nome a pessoa, mas ele não pronunciou nome algum. Nem ela, a pessoa. Trocaram informações sobre fatos do dia anterior e pude perceber que se encontravam com frequência. Supus que residissem em lugares diferentes. Era como se ele fosse o gerente de um hotel-fazenda e ela, a pessoa que me trouxera até ali, uma empregada do lugar.

— Muito prazer, eu sou... — comecei a falar.

— Eu sei quem você é! — cortou-me e, de fato, mencionou corretamente meu nome completo.

— E o senhor é... — emendei, interrogativo.

Ele soltou uma risada tonitruante e me disse:

— Que dificuldade vocês têm de me reconhecer!

Eu, sem compreender, procurei esclarecer:

— O senhor me parece o gerente disto aqui. Esta casa grande, esta varanda, essa rede... isto é um hotel-fazenda e o senhor é o gerente, acertei?

Ele soltou outra gargalhada.

— Que hotel-fazenda, o quê! Gerente, eu? Mal gerencio a minha própria vida.

— Então, o senhor é... — repeti a interrogação.

Ele fez um ar de desalento, meneou a cabeça, voltou os olhos pretos em minha direção e, com voz grave, me disse:

— Eu sou Deus, meu caro.

Quanta pretensão, pensei. E eu achando que o sujeito era do bem, embora, de fato, até ali nada me revelasse o contrário. Compreendi que era mais uma brincadeira do pândego e sorri. Ele me acompanhou no sorriso, que escalou para nova gargalhada. Súbito, ficou em silêncio e me olhou de um modo tão severo que senti um arrepio perpassar meu corpo. Ele se sentou na rede, com os olhos fixos em mim. Após longa pausa, me disse:

— Esta casa, de fato, é grande. Imensa. É a casa central do céu. O ônibus que o trouxe é o que traz os novos habitantes do paraíso. Ou melhor, traz a todos, mas alguns ficam em outras estações. O caminho do céu é o mais longo. Você foi trazido para cá porque foi um bom homem durante toda a sua vida. Aqui você terá contato com a natureza, viverá do que colher e colherá o que plantar. Sem problemas com geadas ou tempestades que possam pôr tudo a perder, nem pestes que possam eliminar seus animais. Você terá um pedaço de terra, algumas cabeças de gado, uns porcos, umas cabras, animais de estimação. Terá uma casinha parecida com esta, embora um pouco menor, com uma rede na varanda, onde você poderá passar os seus dias, sem atropelos, sem atribulações. Bem-vindo ao paraíso!

— Que brincadeira é essa, meu senhor? Não estou gostando — objetei.

— Meu Deus do céu! — soltou ele. — Que mais posso fazer para convencê-lo?

— Olha aí! "Meu Deus do céu", o senhor disse. Um deus verdadeiro jamais diria isso!

— É só uma expressão idiomática, rapaz. Você sabe bem o que é isso, é professor de gramática. Por falar nisso, temos uma imensa biblioteca à sua disposição. Você poderá ler todos os clássicos de que se ressentiu por não ter lido durante sua existência terrena. Estamos passando por um processo de modernização, digitalizando os livros, criando meios que facilitem a leitura. Por isso eu trouxe o Jobs.

Soltei uma risada nervosa e fiz nova objeção:

— Arrá! Como assim, Deus, o onipotente, o onisciente, tendo que recorrer a um simples mortal para modernizar... Ora, essa sua história não tem pé nem cabeça!

— E onipresente — completou ele, já com ar mais relaxado.

— Sim, sim. Onipotente, onisciente, onipresente, essas bobagens todas, como se pudesse mesmo existir um ser que manipulasse a todos e a cada um como se fôssemos suas marionetes. Você não existe! Ou melhor, esse Deus de que falam não existe!

— Alvíssaras! Me chamou de Deus. Veja como você está começando a crer em mim.

— É, parece que Vossa Onisciência não é bom em interpretação — devolvi. — Eu não disse nada disso.

— Disse, mas, para além do que disse, eu pude sentir seu coração.

— Não me venha com esse lugar-comum. Argumentar com o que passa no coração alheio é a maneira mais rasteira de interditar um debate. É como dizer "se você acredita nisso..." e encerrar a discussão.

— Deixe de pretensos intelectualismos, rapaz. Você é bom, é boa pessoa, profissional competente, mas não se arrisque além disso. Conhece-te a ti mesmo, ou...

— Só faltava. Agora quer me devorar.

— Nada disso. Quero acolhê-lo em meus domínios. Meus domínios diretos, quero dizer, onde domino sem intermediários.

— Gosta de dominar, hein? Próprio de um deus tirano! "A ninguém chameis de pai, porque sou um pai ciumento!" Estou sabendo.

— De novo, me tratando como Deus. Estou gostando de ver sua evolução.

— Eu quis dizer como um tirano qualquer, seja um deus, um governante, patrão, marido...

— Eu sei, eu sei. Você vai desacreditar novamente, mas li tudo em seu coração.

— Chega dessa bobagem. Vim aqui para descansar, nem roupa eu trouxe. Onde é meu aposento? É um quarto dentro dessa casa, um chalé, uma outra casa? Tem formulário para preencher? Onde fica a recepção?

— Relaxe. Você terá todo o tempo do mundo para descansar. Uma eternidade. Aliás, eternidade, não. Isso é balela. A qualquer momento, poderei destacá-lo para uma missão na terra.

— Missão? Quer dizer que eu cumpri uma missão? Que missão cumpri eu, este pobre mortal, que não estou sabendo? Que mais você sabe sobre mim? Desembuche, estou curioso.

— Cara, sei tudo sobre sua vida, desde que nasceu, desde suas brincadeiras com as primas e vizinhas, todas as suas experiências sexuais, todas as suas frustrações, o desejo de ser arquiteto, sua ida para a faculdade de letras porque foi o que deu para passar no vestibular, seu casamento, suas traições, aquela médica recém-formada, a juíza... ah, aquela juíza, rapaz! Que cantada foi aquela! Parabéns!

Quase caí de costas. Ele não poderia adivinhar tudo aquilo, mesmo fazendo referências genéricas. Era perceptível que ele sabia dos acontecimentos mais íntimos de minha vida. Aturdido, ainda quis driblar o assunto.

— Você deve ser mais um desses pastores que se dedicam a fiscalizar a sexualidade alheia. Que lhe interessa minha intimidade?

— Fui às suas intimidades mais inconfessáveis para você compreender, de uma vez por todas, que eu digo a verdade quando lhe afirmo que sou Deus. Sou eu! Deus! Eu mesmo, em pessoa! Em carne e osso.

Eu estava a um passo de ceder, mas a história toda era tão surreal. Eu me beliscava, olhava para os lados, para o alto, para o chão. O chão era de terra, havia grama, árvores, cimento aqui e ali. Atrás da casa grande, havia um rio e, à beira do rio, garças como as que costumava ver no rio que corta minha cidade. No alto, havia céu, sol, nuvens, pássaros. Pelo alpendre da casa, havia galinhas, pombos. No entorno, cabras, um cão e um gato dormindo juntos à sombra de um arbusto. Mais distante, um chiqueiro, vacas pastando, cavalos. Tudo muito familiar, tudo tão real, tão terreno, que evidentemente não poderia ser o céu.

— Deixe de soberba, rapaz. Reconheça!

— Está bem. Você é Deus e eu morri. Não faço a menor ideia de como eu possa ter morrido, mas, vamos lá. Agora estou gostando da brincadeira. Eu morri e vim parar aqui, diante do próprio Deus. Eu, logo eu. Um sujeito que, de fato, traiu várias vezes a esposa. Um sujeito que levou uma vida errante. Nem honesto posso dizer que sou, pois acabei ficando com o dinheiro do...

— Do cliente de seu cunhado. Eu sei, eu sei. Mas sei também que você o procurou, não o encontrou e acabou ficando com o dinheiro. E sei o quanto isso lhe dói na consciência.

Era mesmo inacreditável. Meu cunhado, de fato, havia recebido um dinheiro em nome de um cliente, com quem eu trabalhava na mesma empresa. O irmão de minha esposa viajou para o exterior, foi fazer mestrado na Alemanha, depois doutorado na Itália, e acabou migrando para os Estados Unidos, onde fixou residência e passou a defender brasileiros em situação irregular. Nunca mais voltou e, antes de partir, me pediu para repassar o dinheiro ao colega, Renato, que desapareceu, jamais eu soube dele, se estava vivo ou morto. Era uma quantia considerável, que deixei na poupança, rendendo juros e correção monetária, para quando Renato reaparecesse. Quem apareceu foi a crise financeira. Fiquei devendo,

minhas contas bancárias estouraram e o banco engoliu todos os meus ativos financeiros, inclusive o que não era meu. Afinal, a poupança estava em meu nome.
    Engoli seco e fiquei em silêncio.
    — Fisguei você, finalmente! Homem de pouca fé!
    — Fé nenhuma. Sempre fui ateu.
    — Agnóstico.
    — Ateu.
    — Agnóstico. Eu consigo ler seu coração, não se esqueça.
    — Está bem. Agora, sem ironia. Se você não é um farsante, como essas cartomantes ou adivinhos, de fato há de ser mesmo um deus. E se você é Deus, me explique, por que estou aqui, no seu... céu!?
    — Porque você é um homem bom. Só por isso.
    — Mas e minhas traições?
    — Pecadilhos de venial tomo. Essas bobagens moralistas são coisa de gente religiosa. Abomino essa gente falsa. Claro, há os ingênuos, os de coração puro, enganados por sacerdotes do meu... você sabe de quem. Essa pobre gente é digna de minha misericórdia, como eles dizem, mas também não há de ser assim, "liberou geral". Não basta ser ingênuo, tem de ter bom coração, como você, que nem ingênuo é, muito pelo contrário.
    — Não é justo. Eu errei, cometi muitos erros, pecados que muitas vezes tangenciaram a criminalidade. Não sou digno de gozar a eternidade.
    — Está vendo? Esse seu caráter, essa sua honestidade é que faz de você um homem bom, de bom coração. É o que me basta. Agora pegue suas coisas e vá descansar. Você será levado até sua casa...
    — Senhor, senhor, espere. Eu nada trouxe porque, de fato, vim para iniciar uma nova vida. Trouxe algum dinheiro na carteira, suficiente para pagar a locação e comprar roupas novas...

— Eis aí! Esse seu desapego pelos bens materiais, sua preocupação com as coisas do espírito, é isso o que o torna digno do paraíso! De resto, esqueça. Seu dinheiro não tem valor algum aqui e roupas, você as terá de acordo com seus desejos e necessidades.

— Mas não é justo. Quero saber se tenho escolha. Eu, que jamais acreditei em... em Você, não mereço, não posso ficar aqui. E essa hipótese, a ideia de se concretizar tamanha injustiça, me corrói o espírito.

Percebi que Deus se viu diante de um impasse. Julgava-me boa pessoa e, decerto, não queria abrir mão de alguém com tal característica; ao mesmo tempo, não tinha como me negar razão. Deus cofiou a barba e me disse:

— Aqui você estará com quem ama. Há alguém que o espera na casa que lhe foi destinada.

— Quem?!?

— Sua esposa. Sua amada esposa.

Minha mulher havia falecido dez anos antes, vítima de um câncer. Para mim, fora a prova de que Deus não existia. Uma mulher tão boa, tão generosa, justa e honesta, a melhor pessoa que conheci na vida. Levada assim, de repente, no esplendor da juventude. E tão crente em Deus, tão sinceramente religiosa! Eu a amava muito, embora não tenha sido suficiente para me impedir de traí-la uma vez. "Traições", como eu havia dito, era uma hipérbole, um recurso retórico que não correspondia à realidade. A maioria dos casos ocorreu depois que ela faleceu.

Refleti profundamente.

— Ainda assim, não posso.

— Não pode por que, meu bom filho?

— Ela sabe de tudo?

— Sim. Assim que você se acomodar na casa, verá num aparelho de TV um resumão da sua vida. Todos os mistérios, todas as suas dúvidas cessarão. Tudo se revelará, nada restará oculto. Assim se deu com ela também. Aqui é o reino da Verdade, saiba.

— Na TV? Poxa, não tinha outra forma menos indigna?
— Chega. Minha paciência se esgotou. Você é muito debochado. É pegar ou largar. Daqui a pouco, sai o ônibus de volta.
— De volta? Posso voltar à vida?
— Vida é aqui, filho. Você pode é ir para outras estações, onde ficaram seus outros parceiros de viagem. Mas à vida terrena, não. Só se e quando lhe for dada uma missão. E isso, desde que você fique aqui, comigo.

Ponderei sobre o que era justo e o que era injusto e resolvi partir. Deus chamou aquela moça, ou moço, que havia me trazido até ele. A pessoa me levou ao ônibus, que partia vazio. Na verdade, ia em busca de novos residentes do céu e das estações anteriores. Era muito raro alguém retornar, contou-me o motorista assim que subi, e comentei sobre a ausência de outros passageiros.

A viagem não demorou. Mal saiu o veículo e eu de novo apaguei e acordei no meu novo destino. Diferentemente do céu, não havia ninguém para me receber. Desci no escuro e no escuro vi o ônibus partir. Fui caminhando a esmo, ciente de que era justo que eu pagasse por meus pecados, meus erros, meus possíveis crimes. Imaginei que a paga fosse daquela forma mesmo, um caminho sem fim, íngreme, hostil, escuro, assustador. Tão assustador que não tardou e me apareceu um sujeito grandalhão, com cara de poucos amigos. Não foi difícil adivinhar de quem se tratava.

— Olá. Eu sou... — disse-me o grandalhão. Interrompi-o:
— Eu sei quem você é. Não vamos perder tempo. O que devo fazer?
— Calma, rapaz. Você é muito afoito. Você não tem sequer curiosidade de saber como é a morte aqui? Vou avisando que farei de sua morte um inferno. É minha especialidade.
— Não diga! — ironizei, cruzando os braços.
— Bem que Ele me avisou. Você é difícil. Voluntarioso demais. E debochado. Não gosto de você. Você não é bem-vindo aqui.

Pensei que comprar briga com um sujeito como ele não era bom negócio. Resolvi ser simpático:

— Sempre ouvi dizer que o inferno não é tão mal assim e que você mesmo pode ser um bom sujeito. Na sua origem, você era anjo.

— Quem você pensa que é para julgar quem sou ou quem deixo de ser? — gritou, com raiva. Seu vozeirão ecoou por todo o espaço, que eu mal podia enxergar.

— Agora, eu que lhe peço calma. Quem é "ele", quem o avisou sobre mim? Deus?

— Quem mais? Ele mesmo, óbvio.

— Mas, e você? Nada sabia sobre mim? Oras, não era você quem me atentava nas vezes em que cometi meus pecados, meus erros?

— Não jogue em minhas costas o que é de sua exclusiva responsabilidade, rapaz. Eu não tenho nada a ver com suas escolhas.

— Uai, não estou entendendo. Se Deus existe, se até você existe... você não é a causa de todo o mal do mundo?

— Vocês... Acreditam em cada bobagem! Olhe aqui, é o seguinte. Eu cuido daqui, dos domínios da Morte, dos quais Deus me cometeu a missão de cuidar. Sou uma espécie de pastor das almas más. Ele cuida do céu, administra o rebanho das boas almas. A vida na terra é de inteira responsabilidade dos que lá vivem. Você nunca se perguntou por que, se Deus é justo, se Deus é esse plenipotenciário que alardeiam, por que diabos não interfere nas tragédias humanas? Por que permitiria que crianças inocentes morressem por conta das guerras, das pestes, dos acidentes de automóvel ou de acidentes domésticos, por exemplo? Algo tão evidente.

— Administra, ele? Ele me disse que não gerencia nem a própria vida.

— Faz parte da bondade Dele. O domínio é todo Dele, mas o rebanho é absolutamente livre para fazer o que quiser.

— Eu nunca acreditei em nada, nem em Deus. Acabo de descobrir, no entanto, que Ele de fato existe e é de carne e osso. As peças pareciam ter-se encaixado, mas vejo que só agora... Quem diria que justamente com você eu compreenderia Deus e essas coisas todas? Agora tudo está bem mais claro.

E, de fato, o firmamento clareou no mesmo instante e eu pude ver a velhinha que se sentara ao meu lado, no ônibus, na viagem inicial para o céu, ali, sob um súbito sol causticante, cuidando da lavoura que lhe fora destinada. Parecia exausta e, ainda assim, trabalhava sem parar. Carregava coisas de um lado para outro, trazia nas costas sacos enormes de sementes, levava os frutos colhidos em grandes e pesados cestos, cortava madeira a machadadas. O grandalhão a observava a certa distância, intimidando-a, como um feitor.

Percebi que essa seria a minha sina, a partir daquele momento, mas ainda assim julguei que seria justo, considerando meus antecedentes terrenos. E, a bem da verdade, considerei que talvez a vida no céu não fosse diferente. Lembrei-me do que Deus havia dito sobre plantar e colher, sem geadas ou tempestades. O que diferenciaria esta daquela realidade?

O sujeito enorme parece ter lido meu pensamento e veio me dizer:

— No céu, não haverá essa pressão por metas a cumprir. Você plantará o que for de seu desejo, de que necessite ou não, e Deus controlará o tempo para que as intempéries não prejudiquem sua produção e sua colheita. E lá você terá o auxílio de Judite.

Era o nome de minha amada esposa. Ele mencionou que eu poderia auxiliá-la, o que me levou a pensar que talvez ela estivesse precisando de minha ajuda, como a velhinha ali clamava em silêncio por algum auxílio. Ele compreendeu meu pensamento e me avisou que o ônibus estava novamente chegando e dali iria partir rumo ao céu. Eu sorri, pensando que de fato o diabo não era tão feio como pintam, mas nada disse, para não o irritar. Ainda assim, ele me olhou com cara de quem não havia gostado, deu-me as costas e saiu. Nem se despediu.

Tomei meu assento. De novo, o ônibus estava quase vazio, pois a maioria havia descido ali mesmo. Os poucos que seguiriam viagem dormiam. Sentei-me sozinho e logo peguei no sono. Quando desci, o mesmo ser andrógino da vez anterior veio me receber. De novo, caminhamos da escuridão para o dia claro e pude vislumbrar a casa grande, mas Deus não estava no alpendre. Observei o livrão da véspera no chão, caído sob a rede vazia, e pude ver que não era o que eu pensava. Tratava-se da primeira edição de *Dom Quixote de la Mancha*, de Cervantes. No original, em espanhol. Ao lado, jazia uma edição russa também muito antiga de *Crime e castigo*, de Dostoiévski.

Chegamos à casa que me era destinada e lá reencontrei Judite. Abraçamo-nos e nos beijamos longamente. Ela estava com a mesma carinha linda e jovem de dez anos atrás. Repetimos antigas juras de amor e considerei que seríamos felizes de novo. Sobre meus pecados, nada falou e, quando comecei a tratar do assunto com intenção de pedir-lhe perdão, ela tocou levemente meus lábios com o dedo indicador e me calou. Não ligamos a TV.

Sucedem-se os dias como na vida terrena. Judite é o doce de pessoa por quem me apaixonara, mas reclama de tudo, das roupas íntimas caídas no chão do banheiro, do vaso sanitário respingado de urina, da caixinha molhada do fio dental, da louça mal lavada, da pia com espumas de sabão... Reclama e tenta me corrigir, para meu desespero. Compreendi que essa é a paga de meus pecados, meu adorável inferno pessoal em meio ao paraíso. E assim, aos tropeços, haveremos de ser felizes por toda a eternidade.

Fogo que arde

Natale saiu de casa bem cedinho, quando ainda era possível ouvir, de longe em longe, o canto dos galos tecendo a manhã que começava a se espreguiçar no horizonte alaranjado. Ia ao trabalho, mas antes, como fazia todos os dias, passou no bar da Tata, que àquela hora acabava de abrir a larga porta, composta de duas folhas de madeira maciça pintada de vermelho, presas por dentro por um cano de ferro. A dona empurrou ambas as folhas, juntando-as para descansá-las no canto do bar, no lado oposto ao do balcão de azulejo branco, enquanto o primeiro freguês adentrava. Ela encostou na parede o ferrolho, mantendo-o perigosamente em pé.

Rapaz de mãos calejadas, feito forte pelo exercício rotineiro da profissão, cabelos negros encaracolados e barba sempre por fazer, Natale tinha uns olhinhos espremidos, sonolentos, que encantavam a moça dona do bar. Quando ele entrou, ela sentiu o coração arder. Abriu-lhe um sorriso imenso que ele mal percebeu. Perguntou-lhe "o que vai hoje?", como se não soubesse, e ele respondeu "o de sempre".

O de sempre era uma dose de cachaça e dois sanduíches, estes para levar ao trabalho. Dizia Natale que a bebida lhe dava o estímulo necessário para aguentar o dia carregando os tijolos e as latas de terra, os sacos de cal e cimento, que ele misturava à areia, juntava água e mexia com a enxada para formar a massa de concreto, para em seguida encher outras latas com o produto e carregá-las todas até os tios, num ir e vir infinito sob o castigo do sol inclemente. Levava-as nos ombros nus, ora num, ora noutro, de modo a distribuir o esforço e evitar que a sobrecarga fadigasse um só dos lados.

Com as mãos trêmulas e o coração pedindo licença à boca cerrada, Tata foi ao canto do boteco, onde ficava a pia. Sobre a torneira, no alto, havia diversos copos de vidro acomodados em uma placa de madeira pintada de branco, que se compunha de pequenos bastões com ponta arredondada. Afixados lado a lado, serviam de suporte às taças penduradas em diagonal, a quarenta e cinco graus da plataforma, para que não caíssem. Ela pegou um copinho apropriado, em formato de cone, com marcas indicativas do volume para uma e para meia doses, e descansou-o sobre o balcão. Abaixou-se para apanhar a garrafa de cachaça já quase vazia, abriu-a e despejou uma generosa quantia no copo de Natale, esvaziando por completo o vasilhame.

O servente de pedreiro acomodou-se no canto, entre a porta do boteco e a pia. Deitou o braço esquerdo sobre o balcão revestido de azulejo branco e cruzou a perna direita, apoiando o pé no rodapé da parede. Sorveu a bebida aos poucos, de gole em gole, sem a pressa que decerto os tios estariam a exigir dele. Enquanto bebia, Tata pegou dois pães de um grande cesto de vime, coberto por um pedaço de tule empoeirado, escondido debaixo do balcão principal, mais baixo do que o azulejado, com o qual formava um L. Era revestido por uma pedra de granito barato, de cor amarela, crivada por minúsculos pontos pretos em relevo, envelhecida por manchas que se impregnaram ao longo dos anos de uso, sobre o qual havia uma pequena vitrine que continha, na parte superior, coxinhas e bolinhos de ovo cozido; embaixo, pudins e uns canudos de massa de pastel recheados com doce de coco queimado.

Com os pães apoiados sobre uma grande mesa de madeira, ao lado de uma máquina de cortar frios, Tata os dividiu ao meio com a faca e, dentro de um deles, meteu fatias de mortadela; do outro, lascas de queijo meia-cura. Embrulhou-os e os entregou ao freguês.

    Natale virou o copo em direção ao chão do bar e derramou um pouco da cachaça, um quase nada, dizendo que era "para o santo", e de um só gole tomou o que restava. Deu uma baforada acompanhada de um grunhido rascante, vindo da epiglote, como se tivesse a garganta em chamas, e, com o dorso da mão direita, enxugou os lábios. Pagou, recolheu os pães embrulhados e saiu, arrastando atrás de si o olhar encantado da dona do estabelecimento.

    Ao final de mais um extenuante dia de trabalho, Natale passou novamente no bar da Tata. Costumava fazê-lo toda tarde, antes de voltar para casa. Pediu o de sempre, que, àquela hora, consistia em uma dose de cachaça e algumas azeitonas e rodelas de salaminho para acompanhar a bebida. Ali permanecia longo tempo, o que muito agradava à dona.

    — Você almoça só os dois pães que lhe vendo todas as manhãs? — indagou Tata.

    — Não. Minha tia prepara o almoço e leva para nós até o local do trabalho, todos os dias. A gente come ali mesmo, para não perder tempo. Os pães, um eu como lá pelas dez da manhã. O outro, no café da tarde.

    A moça sentiu um alívio como se se tratasse do bem-estar de alguém da própria família. Temia que Natale, trabalhando em tarefa que tanto exigia de seu corpo, se alimentasse apenas dos pães durante todo o dia. Ela sorriu um sorriso sincero de felicidade. A dona do boteco era baixinha, magricela, os cabelos pretos, longos até os ombros. Sua compleição física era desproporcional à voz grossa, os dentes prestes a saltar das arcadas. Franzia as sobrancelhas com irritante frequência, como se estivesse sempre assustada.

    — Você precisa se cuidar, ou vai ficar doente — disse ao freguês.

    Natale sorriu, disfarçando o fato de não ter gostado. Detestava que se intrometessem em sua vida. Tata, no entanto, recebeu aquele sorriso com o sinal trocado e se animou a prosseguir.

— Você precisa arranjar outro trabalho, menos penoso. Isso não é vida.

Natale nada disse e tentou desviar o pensamento, olhando para as garrafas e litros de bebidas sujos de poeira espessa e entremeados por teias de aranha, expostos em duas prateleiras próximas do teto que ocupavam as quatro paredes internas do estabelecimento.

— Por que você não limpa essas garrafas? — indagou à proprietária.

Ela se manteve firme em seu discurso, dando-lhe um tom maternal que o irritava:

— Você precisa pensar em seu futuro. Arranjar um emprego menos sofrido, melhorar seus ganhos, encontrar uma moça que lhe queira bem, formar a sua própria família...

Natale pensou "o que eu preciso é ir embora", contraiu as bochechas e movimentou a boca fechada para um lado e para outro, tomou seu último gole cumprindo o ritual — o restinho para o santo e a baforada —, pagou a conta e saiu enquanto Tata tentava mantê-lo ali:

— As garrafas... é que as cachaças mais antigas têm mais valor. Eu preciso mostrar que são envelhecidas para cobrar o que valem, o preço justo.

Natale residia com os tios Idálio, um solteirão de meia-idade, e Miro, casado com Lourdes e sem filhos. Viviam em duas velhas casas contíguas, a cinco ou seis prédios do bar da Tata, que nunca soube em qual delas moravam um e outro, tampouco Natale.

O que ela também não sabia era que o amigo, nas noites de sextas e sábados, obtinha ganhos extraordinários auxiliando Nando, dono de um bar nas imediações. O boteco era conhecido por servir bistecas que eram preparadas em uma grande grelha e faziam muito sucesso entre boêmios e famílias da cidade. O freguês escolhia a peça de seu agrado, dirigia-se à churrasqueira e a entregava a Natale para que a grelhasse. E ele o fazia com esmero. Entregava conforme as exigências, cuidando para que ficasse no ponto, mal ou bem passada, ao exato gosto de cada qual.

Ao lado das casas onde moravam Natale e os tios, havia um terreno baldio da família onde, de quando em quando, seu pai montava o circo de sua propriedade. Nos longos intervalos entre uma e outra vindas à terra de origem, a companhia percorria outras cidades, país afora. Quando o pai anunciara a compra de um pequeno circo decadente, Emílio, o filho mais novo, entusiasmou-se e o velho ficou feliz, pois queria ver a família toda participando do empreendimento. Natale, todavia, não gostou. Não lhe agradava a ideia de viver de uma cidade para outra. Apegado às raízes, preferiu ficar com os tios, ajudando-os como servente de pedreiro.

A diminuta companhia era composta pelo proprietário, sua esposa, o filho, a namorada deste e um jovem auxiliar. Eram poucos os instrumentos. Não era um circo de palhaços, malabaristas, chimpanzés, tampouco elefantes ou leões e seus domadores. Em verdade, e Natale só o descobriu no primeiro retorno do pai, o circo restringia-se a uma única atração, a Monga, uma terrível gorila que assombrava a criançada dos lugares por onde passava.

O espetáculo consistia na apresentação de uma bela moça que ficava atrás de grades, diante da plateia aglomerada no que restava do cubículo sob a lona. O respeitável público presente, formado em maioria por crianças, ficava o tempo todo em pé. A moça dizia algumas amenidades, argumentava como se fosse uma princesa aprisionada num castelo aguardando seu príncipe salvador, enquanto, num truque de espelhos que os presentes não percebiam, ia aos poucos ganhando pelos pelo corpo. À medida que os pelos se tornavam mais volumosos, seu rosto enfeava e sua docilidade inicial esmaecia. Tornava-se inquieta, irritada, cada vez mais nervosa, e ela chacoalhava as grades. A petizada arrepiava e muitos fugiam já no início da transformação. A correria se dava mesmo quando, ao fim da metamorfose, a gorila Monga surgia às inteiras e arrebentava as grades. Não sobrava vivalma no lugar, a não ser o dono do circo, que domava a fera e dava o espetáculo por encerrado.

Na derradeira volta à cidade, o pai pediu a Natale que vigiasse o circo após o término de seu expediente no bar do Nando. Ao mesmo tempo que atendia os fregueses e caprichava na preparação das bistecas, que a freguesia muito elogiava, Natale tomava seguidos goles de cachaça. Ao final da jornada, deixava o bar invariavelmente bêbado. Caminhava trôpego até chegar em casa. Com a incumbência de fazer a vigilância do circo, foi direto para o trêiler. Deitou-se no colchão que ali havia e dormiu o sono profundo dos ébrios, sem perceber que sobre o colchão deixou cair o cigarro aceso. O fogaréu consumiu tudo o que havia dentro do trêiler.

Pela cidade, correu o boato de que o circo havia pegado fogo. Não era verdade. O pequeno circo permaneceu intacto, o incêndio destruiu apenas o trêiler ao lado. E cremou o corpo de Natale, que com tanto capricho crestava bistecas para os fregueses do bar do Nando.

Em expressão de luto, Tata manteve fechado seu boteco e passou todo o tempo na câmara ardente em que Natale jazia em esquife cerrado, o que impossibilitava ver-lhe o corpo. Ela se desmanchava em lágrimas e, com o coração em chamas, imaginava que o amigo lhe sorria com seus olhinhos espremidos.

Lindo de morrer

Quando rebentou o pequeno Amado, ecoou por toda a Bahia a notícia de que havia nascido o menino mais belo do mundo. Alíria, ao tomar o filho nos braços para dar-lhe o colostro, proferiu a sentença: "É lindo de morrer!".
Lágrimas felizes escorreram pelo rosto da mãe. A parteira comentou com a vizinha, que se incumbiu de espalhar a novidade por todo o bairro. Não custou para a rede social do boca-em-boca avançar cidade afora. Amado cresceu consciente e orgulhoso da beleza a que fora condenado, pela natureza e decreto materno, a ostentar por toda a vida.
Na adolescência, seus belos traços de homem já quase feito ganharam a força que caracteriza o negro baiano. Cedo, o filho de Alíria e Zéfiro despertou paixões. O tempo passava e, no entanto, Amado não se entusiasmava por ninguém. Era de pouco falar. Em rodas de conversa, limitava-se a ouvir. Se se animava a pronunciar palavra, a timidez extrema o impedia.
Foi no batuque do Olodum que conheceu um rapaz pouco mais novo, Nemésio. Dotado de incontrolável loquacidade, rapidamente se aproximou de Amado. Este, porém, a tudo o que ouvia limitava-se a expor seus grandes e alvos dentes que perfaziam o mais encantador sorriso que o outro jamais havia visto.
Ao final dos ensaios, passaram a seguir juntos até o bairro onde ambos moravam. Atravessavam o Pelourinho

rumo ao Elevador Lacerda e seguiam em companhia, tomando o mesmo ônibus. Nemésio não parava de falar. Contava com entusiasmo coisas do seu cotidiano, sua paixão pela música baiana, pelas tradições do lugar, pela gente soteropolitana. Amado seguia devolvendo sorrisos que foram se tornando cada vez mais breves, até que os cessou de vez. Quando era instigado a responder a alguma pergunta, fazia-o com monossílabos ou rezingando *anrans* e *unruns*. Ia com o olhar fixo no banco à frente ou na sequência de casas e edifícios que surgiam e desapareciam ao longo do trajeto e já nem prestava atenção no que dizia o parceiro. Ambos desciam no mesmo ponto, a vinte metros do qual morava Nemésio.

Amado tinha uma caminhada por quatro quarteirões além. Numa noite iluminada por lua cheia e perfumada por dama-da-noite, Nemésio despediu-se abraçando o vizinho com força e vagar. Sorrindo, atirou seus verdes olhos sobre os do amigo, que os manteve baixos. Haveria de ser pela timidez, ponderou, e deslizou sem pressa suas mãos pelos braços musculosos do parceiro até que elas, com suavidade e ternura, encontrassem as deste. Segurou-as com firmeza, pôs-se nas pontas dos pés e lentamente aproximou sua cabeça para beijá-lo. Amado, no entanto, desviou e apenas emitiu um último sorriso, nervoso, discrepante dos anteriores. Disse "boa noite" e seguiu seu caminho.

Na manhã seguinte, assim que atravessou a porta da casa e pôs os pés na calçada carregando livros, Amado encontrou Afrodite, amiga de infância, de louros cabelos encaracolados, que sempre lhe havia dedicado apego desmedido, proeminente e sem meias-palavras. Desde menina, apaixonara-se por ele, que jamais lhe dera qualquer esperança. Afrodite fez-lhe um aceno acompanhado de desabrido sorriso, mas dele recebeu a mesma frieza que por toda a vida a desconcertara.

"Preciso falar com você", disse ela, quase em súplica. "Qualquer hora", respondeu ele, distanciando-se. A jovem dirigiu-lhe um esgar de despeito como nunca antes imaginara possível. Das profundezas de seu espírito brotou, indômito, um sentimento que a fez dizer, baixinho, "morra!".

Amado seguiu em largas passadas observando o casario da rua. De si para si, contava as tantas moças vizinhas que já se haviam declarado apaixonadas por ele. Rejeitara-as todas. Havia também um e outro rapaz que o assediaram, aos quais reservara igual repulsa.

Em vinte minutos de caminhada, chegou na faculdade. Viu Nemésio no pátio e estranhou, pois jamais o notara ali. A curiosidade, porém, não foi suficiente para que o abordasse e indagasse o que, afinal, fazia ele em tal lugar. Contentou-se em crer que talvez fosse aluno de outro curso, apenas mais um dentre tantos em quem jamais deitara reparo. O outro, no entanto, correu até o novo amigo com alegria exultante assim que o avistou. Abraçou-o com iguais vigor e paixão da noite anterior e repetiu o gesto com os braços e as mãos. Fitava-o com doçura e languidez. Amado, porém, fez um movimento brusco enquanto as mãos do amigo escorregavam por seus braços e o afastou de si. "Estou atrasado para a aula", disse-lhe com educação, em voz baixa, e se distanciou, apressado. Sua expressão era de desconforto e Nemésio percebeu.

Temeu Amado que na academia de musculação, à tarde, o encontrasse. Ali, porém, viu-se livre de tão pegadiça companhia. Os grandes espelhos do lugar permitiram-lhe contemplar o próprio corpo. Admirava os resultados obtidos com os exercícios. Pôs-se ereto, de frente; virou-se para examinar à direita, depois à esquerda, às costas, dobrando os braços em direção a cada ombro com as mãos cerradas e a cabeça voltada para a própria imagem refletida. Verificou os glúteos, as coxas, estufou o peito e tudo lhe pareceu perfeito.

Voltou a encontrar Nemésio no Olodum, à noite. Este, no entanto, limitou-se a olhá-lo com expressão de descontentamento. Não sorriu, não o cumprimentou, transmitindo ao amigo sua decepção e tristeza. Amado não se importou, sequer lhe fez um aceno.

No retorno para casa, percebeu que Nemésio o seguia e que apertava o passo para alcançá-lo. Amado não o evitou. O outro então desandou a dizer-lhe tudo o que sentia, o quanto havia sofrido com o desprezo que este lhe dedicara no pátio da faculdade, a angústia pela ausência de um cumprimento, a dor que lhe causara a falta de correspondência ao afeto que lhe dedicara. Tudo dizia com voz melancólica, embargada por um choro contido que a cada palavra parecia prestes a irromper em plenitude. Quando, enfim, disse sem peias nem meias que estava apaixonado, Amado viu-se na contingência de dizer que ele não deveria alimentar expectativa, pois não havia a menor possibilidade de que correspondesse. E prosseguiu firme em seu caminhar.

Nemésio prostrou-se e chorou como criança a quem se nega a compra de um brinquedo que tinha como certo. "O amor que lhe devoto é tanto que sou capaz de morrer e de matar por você", disse-lhe em grito sufocado pelos soluços. Amado mal o ouviu e foi adiante. A certa altura, percebeu que o outro havia parado de segui-lo. Tomou o Elevador e, em seguida, o ônibus, sem a companhia que se tornara desagradável. Não mais o viu.

Não houve aula no dia seguinte e Amado decidiu ir logo cedo ao Pelourinho, aproveitar a bela manhã que inundava de sol toda Salvador. Caminhou pela região, apreciou cada casarão antigo, a imponente catedral, as muitas igrejas, os estabelecimentos comerciais, observou encantado o vaivém buliçoso do gentio. Almoçaria por ali mesmo.

Deteve-se diante de uma poça d'água. Seus olhos foram atraídos por um raio da luz do sol nela refletido. Agachou-se para melhor ver no pequeno espelho natural sua própria imagem e constatou mais uma vez o quanto, de fato, era bonito. Ocorreu-lhe que se havia alguém digno de sua paixão era mesmo o dono do lindo rosto que o chão molhado exibia.

Com as mãos em concha, colheu um pouco da água empoçada, como se fosse sorvê-la, e a imagem perfeita distorceu-se. Não ingeriu o líquido, porém, porque considerou que era necessário preservar a quantia ali represada. Ponderou que a beleza que ela refletia haveria de contar com a exata porção ali posta pela natureza. Desfazer a formação, ainda que para retirar-lhe pequena quantidade, danificaria uma obra de arte preciosa. Ele devolveu lentamente, cuidadosamente, a porção que concentrara em suas mãos. Breves ondas circuncêntricas propagaram-se até que o líquido se acomodasse e Amado pudesse novamente contemplar sua imagem ali espelhada à perfeição.

 Estava assim absorto, a admirar seu próprio reflexo, quando um estranho movimento à sua esquerda despertou-o. Olhou e viu dois pedaços de pau que, lançados por trás de si, caíram um sobre o outro, formando no chão uma espécie de cruz. Amado voltou seu olhar para seu algoz, mas mal teve tempo de reconhecê-lo. Viu apenas uma silhueta à frente do sol intenso no mesmo instante em que sentiu a faca penetrar-lhe as costas. Pela vastidão do lugar ecoou um grito de dor lancinante. À primeira facada, seguiu-se outra, e outra, e outra; doze ao todo.

 Da igreja de Nossa Senhora do Rosário dos Pretos soaram as badaladas do meio-dia. O sol estava a pino quando o corpo de Amado tombou sobre a poça. Seu sangue deu nova coloração ao quadro feito de água que até aquele instante retratava o rosto mais belo de que o mundo já tivera notícia.

Assassinatos em série

Acabo de contribuir para a evolução de um serzinho intruso e repulsivo. Ela surgiu como costumam aparecer suas congêneres, sorrateiramente, silenciosamente. Veio do esgoto e sabe-se lá por qual ralo entrou no meu apartamento, que fica no segundo andar de um condomínio de classe média formado por cinco blocos de quinze andares cada um, quatro unidades em cada qual. Por que a infeliz escolheu o meu para assombrar é um mistério que jamais desvendarei. Azar o dela. Ou sorte, quem sabe.

Estava absorta escrevendo o último fascículo de um romance quando ela apontou no canto da parede, por detrás do armário. Levei um susto, mas moro sozinha, de modo que enfrentamentos dessa natureza ou faço eu mesma ou eu mesma faço. Estava descalça e corri para o quarto, em busca de chinelos. Calcei-os e voltei. Esperei que ela descesse e se distanciasse do canto, para facilitar o golpe. Acertei-a enquanto ela cruzava o assoalho do escritório. Foi um golpe único, fatal, a bala de prata que não falhou. Senti uma explosão sob meu pé direito. A consciência de tê-la esmagado me encheu de nojo, conquanto o feito heroico tenha-me tomado de orgulho.

Ergui o pé e lá estava ela, ou o que sobrou dela, envolta em uma gosma que quase me levou ao vômito. Peguei duas folhas de guardanapo de papel, estendi uma delas no chão e, com a outra, empurrei o pequeno cadáver amendoado para cima da primeira. Cobri-o e, com muito jeito e sentindo engulhos, juntei as pontas das folhas sobrepostas, dobrei-as e as redobrei. Formei um envelope que despachei na lixeira do banheiro, convertida numa espécie de caixa de correio funerário. Deixei os chinelos no tanque, para lavá-los quando esmaecer a lembrança da finalidade para a qual os usei.

Não me agrada matar. Afinal, é uma vida que se finda por minha ação. Sinto-me cruel, um carrasco, porém, era ela ou eu. Parece desproporcional, eu sei, mas morro de medo. Morte por morte, que seja a dela. Alivio minha consciência pensando que, de fato, estou contribuindo para a evolução espiritual do inconveniente inseto. Não sou espiritualista, a bem da verdade, mas estou convencida de que, na essência, cada ser vivo é uma energia infinita que, interrompida hoje, encontra nova casca amanhã para seguir o rumo de seu desenvolvimento existencial. Talvez seja uma crença tola, mas é a que me resta.

Gabriel não é capaz de matar. Diz que toda vida tem de ser respeitada, custe o que custar. Conta que vivem ratos sobre o forro do tugúrio em que reside, uma casinha de três cômodos em que só o quarto é forrado — na verdade, um rancho de fundos construído para ser um depósito de tralhas que acabou adaptado para servir-lhe de moradia. Ele sabe dos riscos que corre, mas, ainda assim, prefere alimentar os ratos a tirar-lhes a vida. Gabriel é um anjo, de fato. Não mata nem pernilongo.

Conheci-o numa livraria de shopping. Estava observando os recentes lançamentos quando ele me reconheceu.

— Oi! Você é Natália, a escritora, acertei?

Sim. Era eu mesma.

— Nossa! Que prazer em conhecê-la! Adoro seus livros, adoro você, vejo todas as suas entrevistas, sigo-a nas redes sociais. Amo suas personagens!

Claro que fiquei feliz, mas era apenas mais um fã exagerado. Embora não seja pessoa tímida, fico sem jeito nessas horas, especialmente diante de excessos como os de Gabriel.

— Denise é um amor de criatura! E tem a virtude de ser escritora, como você. É seu alter ego, acertei?

Respondi com um sorriso. Não gosto de explicar meus personagens, tampouco as histórias que crio. O caráter de cada um deles, o que representam, está descrito nos livros e cada leitor tem o direito de extrair a compreensão que sua imaginação permitir. Penso que o leitor deve ser parceiro do autor na idealização do personagem e das tramas em que se envolvem. Já me sinto incomodada por ter sob minhas vontades a possibilidade, aliás, a necessidade de decidir, a cada momento, se um personagem vai ao banheiro ou se vai tomar um café, comprar um livro ou uma arma, amar ou matar alguém.

Ser escritora é, em si mesmo, uma abominável e deliciosa farsa em que o criador da história não só se imagina como, de fato, arroga-se a condição de deus. Dou vida aos meus personagens conforme minhas exclusivas escolhas. Em tese, pelo menos, posso fazer de cada um deles o que eu bem ou mal quiser, um ser virtuoso ou um cruel psicopata.

Não quis explicar a Gabriel o porquê de ser impossível, a mim mesma, cravar que Denise, a escritora protagonista do romance que vinha escrevendo e publicando em fascículos semanais, é ou não meu alter ego.

— O que você acha? — indaguei, tentando criar uma atmosfera misteriosa.

— Ah! Eu tenho certeza que é. A visão que ela tem do mundo é de alguém que tem a mesma sensibilidade que você demonstra na construção de suas personagens, das ambientações, das narrativas, da filosofia que envolve todo o enredo. Denise é descolada, antenada, está sempre alegre, em paz com a vida. É apaixonante!

Falhei. Gabriel falava com tanto entusiasmo que eu não quis intervir e, eventualmente, decepcioná-lo. É um rapaz bonito, agradável, muito simpático. Calculei uns trinta e poucos anos. É magro, de barba pouco espessa, mal feita, cabelos levemente alourados, despenteados, voz fanhosa.

— Gostei da ideia de lançar o romance em fascículos. Cria uma expectativa no leitor, uma ansiedade pelo próximo número.

Não foi uma ideia inovadora. Até o século retrasado, início do passado, era comum escritores publicarem capítulos de romances em jornais da época, distribuindo-os em sucessivas edições.

— Muito legal. É como uma telenovela, cada dia um capítulo. A cada semana, um fascículo! Conto os dias esperando o próximo.

Ele me convidou para um café.

— Não posso — recusei. — É tarde, preciso voltar. Minhas crias ficcionais me esperam. Tenho de alimentá-las ou elas não sobreviverão.

Não era verdade. Por mais que o escritor crie um personagem e, a princípio, possa fazer dele o que bem desejar, a verdade é que em dado momento ele ganha vida própria e acaba conduzindo o escritor por caminhos que este não traçou.

— Mas é aqui mesmo, na livraria. Tem uma cafeteria nos fundos.

— Eu sei, estou sempre aqui. Aliás, acabei de vir de lá, onde já tomei um café.

— Poxa, que pena...

E insistiu, lamurioso:

— Vamos lá! Um cafezinho só. Será rápido, eu prometo.

O jeito gentil e simpático dele, o modo pueril de insistir, a fala nasalada, engraçada, me comoveram e acabei cedendo. E foi um papo gostoso, longo, que ocupou minha tarde toda. Trocamos os números de telefone e voltamos a nos encontrar outra vez, e outra, e outra. Enfim, acredito que estamos em um relacionamento sério. Namorados, creio.

Estamos assim há dois meses e ele me faz juras de amor que me parecem sinceras. Eu apenas sorrio. Não quero me confundir. Enquanto me entrego ao mundo fictício que estou concebendo, não gosto que emoções da vida real me desconectem. Estou com Gabriel, temos muita intimidade, mas há uma linha divisória intransponível, ao menos até que minha obra esteja concluída.

Gabriel ocupa o tempo que passamos juntos comentando o livro. Ele me dá ideias, quer interferir na minha criação, embora jure o contrário. Recolho, conformada, as sugestões e espero que ele compreenda o limite, a parede invisível que separa a Natália que se relaciona com ele da escritora.

Por vezes, me incomoda a maneira como ele se refere a Denise, a protagonista, a minha "alter ego", segundo sua visão equivocada. Sinto que ele está apaixonado é por ela, não por mim. Estivesse eu realmente envolvida com ele, encantada por ele, estaria morrendo de ciúme. Como essa não é a realidade, eu apenas me divirto com a situação.

O tempo urge e preciso terminar o livro, conceber o capítulo derradeiro, transformar em linhas escritas o pensamento que vem me conduzindo desde o início. A protagonista Denise está em dúvida sobre o desfecho a dar a um romance que há tempo vem tentando concluir. Sua dificuldade consiste na escolha da punição a aplicar a Fabíola, personagem que, logo na abertura do primeiro capítulo, matara os próprios pais. Explorado o crime e suas circunstâncias por toda a narrativa em seus aspectos filosóficos, existenciais, psicológicos, era chegada a hora de a autora definir o castigo à psicopata.

Concebi Denise como uma pessoa de quem a bondade é atributo de cada célula de seu corpo e, se houver células no espírito, delas também; alguém capaz de levar essa qualidade ao extremo, de perdoar sempre os mais assombrosos erros humanos. Carrego comigo a convicção de que o bem é uma característica que acompanha a vida da pessoa genuinamente boa, do princípio ao fim, o que a tornaria capaz de encontrar soluções civilizadas diante das mais graves atrocidades, e nessa linha pretendia conduzir minha personagem, mas perdi a mão.

Desde que conheci Gabriel, ele sim um anjo de carne e osso, generoso e sempre disposto a perdoar, passei a observar suas qualidades e projetá-las em Denise. À medida que fomos nos envolvendo, porém, e ele me fornecia uma avalanche de sugestões de como eu deveria conduzir a história, todas estapafúrdias, irritantes, sem qualquer valor literário, desconectadas da personagem que eu havia concebido e pela qual ele se apaixonara, foi-se criando em mim uma repulsa por Denise, que eu só percebia com o capítulo publicado. Fiz dela, ao fim e ao cabo, uma escritora cruel. Ou foi ela quem me guiou para esse caminho, não sei.

Minha personagem e seu marido viviam um casamento de já quase dez anos. Dois filhos, um lar feliz. A partir daí, desenvolvi a história, tentando dirigir, de acordo com minhas convicções, a ação de uma pessoa de índole irrepreensível em face da crueldade de alguém que assassinara os próprios pais.

Meu desafio era demonstrar que o ser humano bom que, como um deus, detém controle absoluto sobre alguém de caráter inteiramente oposto saberia definir soluções diversas da pena de morte. Nenhuma morte que não seja natural me parece justificável, e eu queria levar essa minha verdade para o ambiente ficcional. Fracassei, porém. Acabei fazendo com que Denise optasse por matar a parricida, e ela o fez de modo bárbaro, ignominioso. Enquanto cumpre a pena em regime semiaberto, Fabíola inicia um curso universitário e é admitida como estagiária no escritório dos próprios defensores. Na confraternização de final de ano, acaba vítima de um estupro coletivo praticado por colegas de trabalho, ao fim do qual seus agressores a empurram pela janela do quinto andar e ela morre.

O relacionamento entre a personagem que concebi como escritora, como eu mesma, e o marido havia se esgarçado ao longo dos anos e ela, logo no início da trama, optara por se separar. Querendo não magoar o parceiro a quem tanto amara, Denise alegou que desejava experimentar a solidão para poder dedicar-se à literatura e escrever seu primeiro livro. Seria a realização de um sonho alimentado desde a infância. O marido entendeu como pedido de apenas um tempo de distanciamento. Imaginou que seria passageiro, por conta de uma finalidade específica, e, resignado, aceitou e esperou.

Ela escreveu sua obra e o lançamento foi um sucesso. Denise tornou-se celebridade, passou a viajar, frequentar feiras, universidades, colóquios literários, e a conceder infinitas entrevistas. Escreveu outro livro, e outro, e nada de retomar o casamento, apesar das insistências do marido. Depois de lançado seu último romance, em que ela impôs a morte trágica como castigo a Fabíola, o êxito foi ainda mais retumbante do que os anteriores.

A tragédia foi também o destino que, no instante final, contrariando meu planejamento, dediquei à boa Denise. O ex-marido, que não mais suportava sua ausência e se recusava a aceitar o fim do relacionamento, e também enciumado com o brilho da ex-esposa, desfere-lhe um tiro a curta distância durante a ceia de Natal, diante dos filhos e de outros familiares.

Revi às pressas o último capítulo e, na sequência, já alta madrugada, eu mesma fiz subir o original. Num clique, o último fascículo estava publicado. Eu me senti aliviada, embora tomada por sensação incômoda, a mesma de quando esmaguei a visita inconveniente que se apresentara através do ralo. O próximo passo será preparar o livro impresso, tudo já está acertado com uma grande editora.

Deitei-me extenuada e o cansaço me fez dormir antes que a ansiedade e o peso na consciência me prejudicassem o sono.

Na manhã seguinte, acordei sobressaltada, desassossegada com o que fiz. Pelas mãos de Denise — leia-se, por minhas mãos descontroladas —, matei Fabíola e, em seguida, vinguei-me da escritora, assassinando-a também. Ainda estou tentando me convencer de que a morte haveria mesmo de ser a solução adequada a alguém que havia tirado a vida dos que lhe conceberam a própria existência e que, portanto, fora justo, razoável e proporcional o fim que dediquei a tal psicopata. O destino dado à autora, porém, é o que mais tem perturbado minha consciência. Nunca me imaginei capaz de conceber esta e aquela monstruosidades. Já posso me confessar uma *serial killer*.

Gabriel veio logo cedo ao meu apartamento. Estava nervoso, irreconhecivelmente agressivo, inconformado com o final do romance, em especial com a morte de Denise, sobretudo por conta das circunstâncias em que se deu. Cobrava-me por não ter acatado nenhuma das milhares de sugestões que havia feito. Disse que eu era insensível, uma assassina, que o final estava uma bosta, que não compraria a versão impressa e jamais a teria, pois só serviria para emporcalhar sua estante. De seus olhos incandescentes jorravam lavas que me lancinavam. Concluiu que eu não o amava e pôs fim ao nosso relacionamento segurando-me pelos braços com tanta firmeza que me machucou. Com o rosto colado ao meu, esbravejando, sentenciou:

— Você morreu para mim! Morreu! Está morta, mor-tá!

Disparou tal decreto e se foi. Bateu a porta com tanta força que o trinco caiu ao chão.

Gabriel, meu anjo provedor dos ratos e incapaz de matar um pernilongo, acabou de me assassinar. À queima-roupa. E com requintes de crueldade.

O onomaturgo

Eram dias em que o onomaturgo andava inconsolável, com desejo de se aposentar, abandonar a profissão, recolher-se a uma ilha deserta. Cogitou até mesmo dar cabo à própria vida. Foi então que resolveu passar a limpo o que o incomodava e decidiu ir a uma delegacia de polícia. Sujeito esguio, nariz adunco, de barba rala e comprida que se afunilava em direção ao peito, dono de uma forma física incompatível com sua idade, já passada dos setenta, ele atravessou a pé, a passos largos e firmes, a imensa praça do bairro onde residia. Passou por Abílio, o rapaz da banca de jornais com quem todo dia costumava trocar palavras, e nem notou que este o cumprimentara. Cruzou a rua e seguiu pela calçada oposta, subindo a via em direção ao centro da cidade. Avançou por incontáveis quarteirões até que avistou a repartição pública para a qual se dirigia. Da esquina, viu pessoas aglomeradas do lado de fora do prédio, diante do qual havia três viaturas estacionadas com o giroflex ligado em modo lento. Policiais fardados espalhavam-se por todo o entorno do imponente edifício, empunhando armas.

O onomaturgo adentrou na repartição vencendo ombros e barrigas que atravancavam seu caminho, até que avistou um sujeito sentado numa escrivaninha ao lado de uma porta fechada em que uma placa indicava tratar-se da sala do delegado. Quis falar com a autoridade, mas o rapaz, um gordo suado com expressão de enfado, informou que ela não se encontrava, pois se achava em plantão à distância. Indagou ao servidor se poderia fazer uma queixa a ele mesmo e dele ouviu que era necessário aguardar até que o escrivão terminasse o que fazia.

— Ele está atendendo a uma ocorrência, uma prisão em flagrante de um bacana da sociedade acusado de praticar racismo num supermercado das imediações —, explicou o gordinho enquanto enxugava o rosto com um lenço verde.

Perguntado se demoraria, disse que não, que o escrivão costumava ser rápido, e que esperasse, portanto. Nada mais disse, nem lhe foi perguntado.

Conformou-se o onomaturgo e se sentou numa longarina de três lugares, de forro verde esmaecido pelas décadas de uso, rasgado em vários pontos. Ocupou o lugar do meio, do qual uma mocinha magricela acabara de se levantar, muito nervosa. Ficou incomodado com a mulher grandalhona à sua esquerda, que rescendia a suor; no lado oposto, estava um homem franzino, idoso, que exalava álcool e nicotina pelos poros. As expressões de ambos eram de que algo grave os trouxera até ali. Embora fosse homem vivido, o onomaturgo tinha dificuldade de se acostumar ao miserê humano.

Quase três horas depois, o saguão da repartição pública estava vazio. Apenas o onomaturgo esperava pelo atendimento. A fazer-lhe companhia, só mesmo a paciência que a natureza lhe concedera de nascença. O escrivão veio até ele e, referindo-se a anotações que o rotundo auxiliar havia lhe passado antes de encerrar o expediente, avisou que seria o próximo, e último, a ser atendido.

Já era noite. O escrivão era um homem negro, um fortalhão alto que trajava um sobretudo de tecido grosso, amarelo, forrado de bélbute por dentro. Um par de óculos de sol escondia-lhe os olhos. Avisou que iria até um bar próximo, tomar um café, e já, já retornaria. O onomaturgo, mal contendo sua indignação, disse que iria acompanhá-lo, e de fato foi.

O escrivão caminhava em silêncio, soturno, a passos lentos, as mãos nos bolsos, olhando fixamente para a frente, sem dar importância ao que ia ao seu lado. Dobraram a esquina e, assim ombreados, seguiram pela rua Augusta, por uns cem metros mal iluminados, na direção da avenida Paulista. Era um trecho movimentado, ao longo do qual profissionais do sexo ofereciam seus préstimos, bêbados caminhavam para cima e para baixo e desocupados promoviam algazarras.

Súbito, o escrivão parou. Sem nada dizer, desistiu de tomar o café. Girou o próprio corpo no mesmo espaço e, ao completar cento e oitenta graus, iniciou a caminhada em declive, tomando a direção de retorno à delegacia. O acompanhante fez o mesmo.

Galgaram juntos a escadaria lateral que dava para o saguão de entrada do prédio e o escrivão se dirigiu à sala onde, até há pouco, estivera lavrando o interminável auto de prisão em flagrante. Depois de alguns minutos, concluiu que o computador estava em pane, pois não mais conseguia ligá-lo.

— Vamos lá para cima — disse.

E, juntos, o escrivão à frente, subiram os degraus que os endereçavam ao patamar superior, ao fim dos quais ingressaram num corredor escuro. Percorreram longo espaço sem que luz alguma fosse acendida. O onomaturgo sentiu-se um prisioneiro levado ao calabouço ou a uma sala de torturas, comum, ouvira dizer, em porões das repartições policiais. Adentraram em uma das incontáveis salas, a última no final do corredor, minúscula, onde o escrivão, enfim, dignou-se a ligar a lâmpada. A luz era fraca, pouco contribuía para melhorar a situação. Observou o computador e, após alguns minutos tentando acioná-lo, concluiu que também não funcionava.

— É isso o que o estado oferece, cidadão. Melhor o senhor ir até a setenta e cinco depê — disse o sisudo escrivão, referindo-se à delegacia de polícia mais próxima, dotada de melhores recursos.

— Não dá para me atender sem computador? — perguntou o onomaturgo, tentando compreender como haveria de ter sido durante esses séculos todos entre a criação dos registros burocráticos de natureza policial e o advento da informática. — O senhor me faz caminhar por uma rua perigosa, depois me faz atravessar este corredor lôbrego e deserto, com esse seu olhar esconso, para, ao fim e ao cabo, dizer-me que devo procurar outra repartição? Ora, tenha a santa paciência! — desabafou.

— O que o senhor disse dos meus olhos? — indagou, irritado, o escrivão com sua voz mais firme e mais grave do que até então.

— Nada. Não falei nada sobre seus olhos. Aliás, mal posso vê-los...

— O senhor falou que eu tenho olho de "escôncio", Leôncio, Pôncio... ou algo parecido... Pôncio Pilatos, é isso? O senhor está insinuando que... Cuidado com o que diz. Posso prendê-lo por desacato.

— Ah! Eu me referia ao seu olhar esconso. Oblíquo, de soslaio, de esguelha. Como o olhar de Capitu.

— Capitu? E por que não fala "de esgueio", como todo mundo? De onde o senhor tirou essa palavra? Ou acabou de inventar?

O onomaturgo sentiu-se tão à vontade que estendeu a mão ao escrivão. Em vão, porque teve de mantê-la suspensa no ar sem qualquer gesto do outro.

— Muito prazer. Sou, sim, o onomaturgo, e há muitos anos. Vejo que o senhor está me reconhecendo.

O escrivão manteve as mãos nos bolsos do sobretudo.

— Ono-o-quê?

— Onomaturgo — repetiu, recolhendo a mão direita.

— Outra palavra inventada? O senhor, por acaso, é um criador de palavras?

— Arrá! Eis aí. O senhor, de fato, está me reconhecendo. Sim, sou eu mesmo!

— O senhor é o senhor mesmo? Olha que coincidência — ironizou o policial. — Eu também sou eu mesmo! Escute aqui, cidadão — prosseguiu, alterando a voz —, não estou aqui para brincadeiras. Quem, afinal, é o senhor?

— Sou o Onomaturgo Geral da República. E, de fato, eu crio as palavras. "Esconso", por exemplo, foi criada por um colega de profissão há alguns séculos. Tem a ver com esconder, escondido, dissimulado, mas caiu em desuso, infelizmente.

— Onoma-o-quê? Que porra é essa? — gritou o servidor público, ainda mais nervoso.

— O-no-ma-tur-go — esclareceu o cidadão, esbanjando sua inata placidez.

— E que raios é isso? Conheço dramaturgo, taumaturgo, demiurgo. Tenho um vizinho chamado Licurgo, mas essa porra aí eu nunca ouvi falar, tá ligado? O senhor está gozando da minha cara?

— Nã-nã-não, senhor. Estou tentando lhe dizer... me apresentar. Sou onomaturgo, criador de palavras.

— Criador de palavras?!? Boa, essa. Conheço criador de gado, de cavalos, de alevinos e tilápias... Hoje em dia, tem até criador de conteúdo. Eu estou no serviço público há quase trinta anos e nunca ouvi falar desse cargo, criador de palavras. É por concurso? Comissionado?

— Não é exatamente um cargo público, embora, de fato, eu desempenhe uma função pública.

Com a cara de fastio que ostentara o tempo todo, o escrivão levantou-se, cobriu o computador e caminhou, tencionando sair. O onomaturgo, que ficara em pé até então, seguiu-o novamente.

— O senhor não vai nem querer saber o que eu vim fazer aqui?

— Não tenho como lavrar o boletim de ocorrência. Não tem computador, como o senhor mesmo acabou de testemunhar.

— Mas eu só preciso de uma orientação, por favor. Estou à beira de pôr fim à minha própria vida...

Essas palavras atingiram o álgido coração do escrivão. A geleira que ele trazia no peito derreteu-se num átimo. O agente policial olhou para o onomaturgo com ternura, respirou fundo e retornou à cadeira atrás da escrivaninha.

— Sente-se. Conte-me o que o aflige.

O onomaturgo percebeu que nova atmosfera tomava conta do cubículo em que se encontravam, uma sala de luz precária ao fim de um longo e tenebroso corredor de uma delegacia de polícia encravada numa rua perigosa do centro da maior cidade do país. Sentou-se, enfim, sentindo-se tranquilo pela primeira vez.

— Eu não sei mais o que fazer. Estão usurpando minhas funções...

— Usurpação de função pública é crime. Continue.

— Foi o que pensei. Por isso vim até aqui.

— Fez bem. Quem está usurpando sua função?

— Não sei apontar, são vários os suspeitos.

— E como posso ajudá-lo? Seja mais preciso, relate os fatos, senhor... criador de palavras. E não poupe os detalhes, ou não terei como ajudá-lo.

— Pois é. Há uma onda de criação de palavras acontecendo à minha revelia. Não sou eu quem as está criando e não consigo detectar quem são os culpados...

— Seja mais específico.

— Eu sou sucessor de uma tradição de onomaturgos que vêm desde o início dos tempos. O senhor deve conhecer a passagem bíblica em que Deus concede a Adão o poder de dar nomes a todas as coisas que ele havia criado.

— Sim. É o poder de "dar nomes aos bois".

— É mais ou menos isso. Pois então. Adão foi o primeiro onomaturgo da História da humanidade. Depois, a função veio sendo exercida sempre por uma única pessoa de cada tribo, de cada clã, vila, região, cidade, estado, conforme se multiplicava a população e se espalhava por toda a terra. Por fim, e mais hodiernamente, foi-se definindo um onomaturgo para cada país, mesmo para atender a um país gigantesco como o Brasil e a despeito de suas enormes diversidades. Isso para ser bem sucinto. Crátilo, Platão, Heráclito, na Grécia antiga, já se preocupavam com essa questão...

— Tô ligado. Vamos logo ao que interessa, pois meu horário está terminando e preciso descansar. Que palavras foram criadas sem seu consentimento por esse ou esses usurpadores de suas funções?

— Então. Como eu ia lhe dizendo, lá nas origens houve um onomaturgo que cuidadosamente, valendo-se de métodos científicos, criou e organizou as palavras. As classes de palavras, os gêneros...

— Não me venha com ideologia de gênero, por favor, cidadão. Sou contra isso daí.

— Nada disso. Eu me refiro ao gênero das palavras. Há palavras masculinas, há as femininas...

— Aí, sim. Isso está certo. Homem é homem, mulher é mulher. Azul e rosa.

— E há as que servem para ambos os gêneros. São as comuns de dois gêneros.

— Epa! Tipo banheiro unissex? Aí já não, aí não dá. Sinto muito, mas...

— Pianista, por exemplo — prosseguiu, impassível, o onomaturgo. — Pianista pode ser homem ou mulher, "o pianista", "a pianista". E há os substantivos supercomuns, que servem para ambos os gêneros sem alterar o artigo. "Testemunha" é sempre feminina, mas se emprega para qualquer dos sexos, assim como vítima. Ou ídolo, para citar um exemplo masculino.

— Estou entendendo. Ou melhor, ainda não estou entendendo nada. E não estou gostando desse papo.

— Calma. Estou chegando aonde quero. Aonde preciso chegar.

Respirou fundo, soltou o ar, parou por uns segundos, como se buscasse reorganizar o pensamento.

— Lá no passado, no início dos tempos, um meu predecessor criou uma palavra muito singela, "todo". No plural, "todos". E "todos" se aplica a todas as pessoas. Sim, é verdade que há "toda" e há "todas", que se usam quando se referem a uma totalidade de elementos do gênero feminino. Mas quando se referem a elementos indistintamente masculinos e femininos, usa-se a palavra "todos".

— Arrã. Tô ligado.

— Pois é! De repente, do nada, ouço aqui e ali a palavra "todes". O Mauro, no YouTube, todo santo dia diz "bom dia a todos, todas e 'todes'". É horrível! — e começou a chorar. — Para que isso, meu Deus, se existe uma palavra para todos? Ora, "todos" são todos! Qual a razão dessa... dessa... discriminação?

O barnabé, que não fazia ideia de quem pudesse ser o Mauro do YouTube, compreendeu:

— Ah! É a tal da linguagem neutra. Também sou contra isso daí...

— Pois é. Mas isso é usurpação da minha função! Se a moda pega, serei obrigado a dizer que... Olha, não quero me fazer de "vítimo", mas sou "testemunho" desse crime...

O escrivão retirou a mão esquerda do sobretudo e a levou à cabeça. Coçou-a brevemente, ajeitou os óculos escuros e observou:

— Na verdade, o senhor é mesmo vítimo. Quero dizer, vítima. Afinal, é a sua função que está sendo usurpada.

— Compreendo. Agora, pense de modo reverso. Se a letra "e", a terminação "e", realmente vier a se firmar como "elemente neutre", o que será do senhor?

— Eu?!? O que é que eu tenho a ver com isso tudo?

— Ora, o senhor é "agente". Agente policial. Agen-tê. Portanto...

— Pó pará! O senhor está duvidando...

— Só estou lhe dando um exemplo do quão grave é isso tudo.

— Sim, sim. Nessa hipótese, eu também sou vítimo. Vítima.

— Exatamente! Agora o senhor se ligou, de fato. Vou lhe dizer, esses dias têm sido difíceis para mim. Trasantontem, eu comecei a reflexionar sobre o que estou experienciando e quase sofri um arrebatamento psicótico. Foi quando cheguei a pensar em me autoliquidar, pois subsistir dessarte já não faz mais sentido algum. Depois de passar uma vida toda timbrando na elaboração dos vocábulos... Adelgaçar, tão bela. Todo mundo faz academia hoje em dia, pratica esportes, mas ninguém mais usa adelgaçar... Laterígrado... Cicio, fúfia, obumbrar. Percebe a beleza das palavras? O senhor sabe o que é petricor?

— Não faço ideia.

— Pois é. Nem é uma palavra tão bonita, mas seu significado... É o cheiro da relva molhada, aquele olor agradável de verde que exala das plantas umedecidas pelo orvalho da manhã ou depois de uma chuva. Ouropel... Costumo dizer que nem tudo o que reluz é ouropel. Às vezes é ouro mesmo.

— Andaram até inventando "presidenta"...

Conhecedor absoluto das palavras e de sua história, o onomaturgo pigarreou, pigarreou de novo, com mais força, e, um tanto sem jeito, explicou:

— Essa palavra, "presidenta", rogo-lhe escusas antecipadas pelo que vou dizer, foi inventada por um colega de profissão do século XIX. Está dicionarizada há mais de cem anos. Consta dos anais do parlamento brasileiro pelo menos desde o início do século XX. Eu estudei! Elaborei um minucioso estudo a respeito.

— Está tarde — interrompeu o escrivão, visivelmente desconfortável. — Não se preocupe, senhor onomatopeia. Compreendo sua preocupação. Vou iniciar agora mesmo as investigações e em breve colocaremos atrás das grades esse meliante... esse "facínoro" da língua portuguesa. Ou essa "elementa", seja ela ou ele quem for. Vou começar convocando esse Mauro do YouTube para depor.

Levantou-se da cadeira e completou:

— Melian-tê... Não deixa de ser uma pista. Volte amanhã, neste mesmo horário, por gentileza. Ou melhor, na mesma hora que o senhor chegou hoje.

No dia seguinte, no horário aprazado, o criador de palavras voltou correndo à delegacia, pleno de confiança no bom trabalho da polícia. O escrivão, todavia, não se encontrava. Disse-lhe o gordinho do saguão de espera que o colega passara a noite toda trabalhando, atendendo a dois flagrantes que surgiram logo depois que o onomaturgo deixara a repartição, e acabou internado por burnout.

— Mas e a falta de computador? Como ele se virou?

— Teve de recorrer à velha máquina de escrever, que estava nos fundos de um depósito de quinquilharias. O mais difícil foi localizar as folhas de papel carbono, para as cópias obrigatórias. Enfim, deu tudo certo, graças a Deus. Acharam uma caixa guardada havia anos, absolutamente intacta.

— Pois é. A vida se moderniza, mas o passado está sempre ao lado, pronto para nos socorrer —, conjecturou o onomaturgo.

Mal houve tempo para completar seu pensamento, a porta ao lado da escrivaninha abriu-se e da sala saiu a delegada de polícia, uma moça baixinha, miúda, de cabelos pretos e curtos. Sem meias-palavras, foi logo dando voz de prisão. Chamou dois guardinhas fardados e o onomaturgo foi algemado antes que pudesse respirar.

— Ma-ma-mas... deve estar havendo algum engano. Eu sou a vítima! Preso por quê?

— Consultamos os melhores dicionários e não encontramos a palavra onomaturgo. Recorremos ao vocabulário oficial da língua portuguesa, o Volp da Academia Brasileira de Letras, e também não há registro. Nem aqui, nem em Portugal, Angola ou Moçambique, em parte alguma dos países lusófonos. Parece que o senhor se esqueceu de patentear a criação da palavra que designa sua própria, aspas, profissão

— disse-lhe a delegada com voz firme e desenhando no ar as aspas com os dedos.

As palavras faltaram ao onomaturgo.

— O senhor está preso por exercício irregular de profissão. E há também uma queixa contra sua pessoa por falsa identidade, porque o senhor estaria se passando por demiurgo, mas há controvérsias sobre o real sentido dessa palavra. Sem contar que seus acusadores são uns sacerdotes de caráter duvidoso, que mais parecem empresários da fé. Uns oportunistas.

— Ela é da comunidade! — sussurrou aos ouvidos do preso o gorducho ressudado e esfalfado, com cara de homofóbico, disfarçando um sorriso lateral e apontando o dedo para a porta da sala da autoridade.

Só então o prisioneiro notou que a placa na porta havia sido alterada para "delegade de polície". Ele nem se deu ao trabalho de solicitar um advogado. Embora indignado, sentia-se abandonado por suas criaturas e se deixou recolher à cela para a qual foi conduzido. Ali terminou os seus anos na face da terra, alienado da nova realidade que tanto o atormentava. Aproveitou o tempo ocioso para se dedicar à leitura dos clássicos, especialmente dos gregos antigos, e para formar seu sucessor, um parceiro de cárcere preso por estelionato.

Os dois Josés

Trago da pia batismal e do registro civil o nome Antônio José Brasileiro de Almeida, da nobre linhagem do Barão de Almeida Lima. O primeiro nome significa, creio que seja de sabença geral, fraqueza, ausência de vigor: "an" de negação, "tônio" de força, tônica, tônus. Seu parceiro na composição do prenome tem inspiração bíblica e vem do hebraico "Yosef", que significa "acrescenta" e tem o sentido de "aquele a quem Deus acrescenta". Se, de fato, Deus é esse ser que a todos provê, a mim ele nada tem acrescido, senão, e talvez, os anos que se me acumulam. Ao contrário, ao menos a mim e ao ramo a que pertenço, nada resistiu do que a família teve de glorioso e de posses num passado nem tão distante, a não ser essa sobra que muito me orgulha, apesar dos pesares, o componente gentílico que anuncia minha condição de brasileiro. De resto, o que não falta neste mundo-de-meu-deus são Josés em situação igual à minha.

Sou homem de meia-idade, como prefiro crer, à qual alguns talvez chamassem de avançada. Ainda há pouco eu era um garoto de oito anos e, no instante seguinte, eis-me aqui, idoso, segundo a letra fria da lei, enxergando mais estrada pelo retrovisor do que através do para-brisa. Trago às costas o rastro e o peso de uma existência de labuta iniciada na infância, há quase seis décadas — séculos, por pouco não o digo! Sim, encontro-me na fase de fatiar o tempo em lotes de dez anos. Ando às voltas com os preparativos para minha aposentadoria, ansioso pela liberdade absoluta de poder dedicar todo o tempo disponível ao que mais gosto de fazer, que é observar o ser humano. Meu prezado leitor tem, bem sei, a elevada estatura intelectual que não lhe permite confundir esta minha propensão a examinar e interpretar a espécie humana, atividade para a qual me obrigo a seguir os rigorosos processos ditados pela ciência social, com o reles bisbilhotar da vida alheia. Tal certeza me poupa a deselegância de ter que o advertir de modo explícito para que não confunda os apreciados bulbos culinários com nozes-de-galha.

Enquanto aguardo os trâmites burocráticos visando à aposentação, vou me exercitando nos finais de semana e em momentos de folga, como agora, em que, sentado nesta cadeira de balanço, vejo a vida passar pela varanda de meu apartamento. Basta-me baixar os olhos e minhas horas se perdem observando automóveis, bancários e avenidas, que maravilha!

Da sacada do décimo terceiro andar deste prédio comum de gentes de classe média, tenho a privilegiada visão do abismo que separa os dois Brasis, tantas vezes retratados em obras de cunho sociológico. Tenho por vizinhos, à minha direita, o Residencial Ventura, um edifício de alto luxo que conta com um apartamento por andar, e deve ter uns trinta andares, cada qual dotado de enorme plataforma saliente em que se veem churrasqueira e piscina; à esquerda, um famigerado aglomerado humano a céu aberto de nome Vila Baldo.

As estruturas descobertas de cada pavimento do Ventura, todas agraciadas por generosa luminosidade solar propiciada pela face norte, formam um imenso leque de concreto aberto em meia-volta espiral, no qual se espalham as sacadas e suas piscinas, umas sobre as outras, como cartas de baralho dispostas à mesa, desses exemplos de arquitetura que desafiam a lei da gravidade.

No Brasil oposto, o que vejo mais próximo de uma piscina são os cursos de esgoto pelos quais circulam, em meio à água turva, dejetos que prefiro não identificar. Se exalam cheiro, e devem exalar, e que suponho horrível, a longa distância não permite que chegue a conspurcar minhas vias respiratórias. Tampouco me alcançam as narinas os perfumes que a elegância do condomínio adjacente sugere.

A modéstia que caracteriza o populoso bairro não o impede de ter também seus exemplos de arquitetura ousada, com barracos precários construídos uns sobre os outros. Se há um ponto de contato, posso dizer, de igualdade entre os dois Brasis que tenho por vizinhos é exatamente essa impressão comum que ambos me causam de que as varandas e os casebres sobrepostos vão desabar a qualquer momento, espetáculo dantesco que eu não desejo ver e, no entanto, odiaria perder.

Uma imensa fortaleza separa um Brasil do outro, embora não impeça ao morador do Ventura, pelo menos a partir do terceiro andar, de enxergar, da sacada, o cotidiano do formigueiro humano da vila Baldo bem debaixo dos seus pés. No sentido contrário, eu aposto que aos heroicos homens-formigas da vila só seja possível ver as cabeças, ombros e braços dos vizinhos ao alto, a se espiarem uns aos outros — os do Brasil de cima aos de baixo e os deste aos daquele —, todos imbuídos da curiosidade própria de quem observa animais exóticos.

O arranha-céu exibe sinais de decadência e, em alguns de seus andares, de certo abandono. Vejo rachaduras aqui e acolá e desgastes na pintura. Por seu turno, o bairro — que por dolorosa analogia reversa quase chamo de arranha-inferno — desfruta de alguns avanços recentes, como creche, posto de saúde, escola, uma ou outra rua asfaltada.

Da vila Baldo, conheço alguns moradores, como Mélani, a bela faxineira que presta serviços em meu apartamento uma vez por semana, que não é José, mas a quem Deus, por sua infinita bondade e em honra ao nome escolhido pelos pais da moça, proveu carga máxima de melanina. Outro é José Falto, cunhado da deusa de ébano. Ele trabalha como entregador por aplicativo e já me trouxe algumas encomendas de farmácias, lanchonetes ou restaurantes. Desenvolvo meu ofício em casa, em teletrabalho, e sou do tipo que paga para não sair à rua. Só me desloco para ir à academia, por recomendação médica, em razão da artrose que me acompanha desde os quarenta, cuidando para não cair e executando exercícios que não impactem os joelhos, e à livraria, para estimular a musculatura da mente e evitar o atrofiamento do cérebro. E, claro, faz parte de minha locomoção caminhar pelo imenso pátio do condomínio toda vez que tenho de ir à portaria buscar encomendas.

Pau para toda obra, José Falto arrisca-se também como faz-tudo e, sempre que preciso de alguém para serviços que vão de simples troca de lâmpadas a complexos consertos no sistema hidráulico, é a ele que recorro. É um bom sujeito, muito falante, porém, dono de convicções equivocadas. Enquanto Mélani é inteligente, politizada, orgulhosa de sua afrodescendência, católica praticante do candomblé, o cunhado é neopentecostal. Repete um discurso político que se aproxima do fascismo recém-desenvolvido no Brasil e pelo mundo afora, que tem por princípio e por objetivo excluir qualquer forma de pensar e de ser que não corresponda ao que os líderes de sua igreja pregam. Quando sugeri a ele que votasse "para derrotarmos o fascismo", a resposta foi "minha bandeira jamais será vermelha".

Por essas coincidências da vida, do Residencial Ventura conheço um sujeito com nome quase idêntico ao do meu prestador de serviços. Chama-se José Farto e a este, sim, Deus acrescentou, e não foi pouco. Filho de proprietários de grandes extensões de terra espalhadas por vários estados, a divindade cometeu e segue perpetrando a misericórdia de acrescentar-lhe cada vez mais, a começar do berço que, desde o nascedouro, já lhe veio de ouro. Perdi a conta de quantos carros de luxo ele me disse que o pai acabara de agregar à sua coleção. Certamente exagero, mas tenho a impressão de que a cada semana ele noticia a aquisição de um novo.

Não me peça o leitor para que eu diga com precisão quais modelos ele já me reportou possuir. Costumo dizer que de marca de cachorro e raça de automóvel eu nada entendo. Contente-se o apreciador deste meu relato, portanto, com tal informação e tome-a por bastante. Se posso exemplificar um tanto, cito, de vaga lembrança, e correndo o risco de acrescentar algum e sonegar outros, modelos conhecidos como Porsche, Lamborghini, Camaro, Dodge sei-lá-o-quê. Muito poucos dentre as dezenas que ele me contou.

Admito a hipótese de que o sujeito possa ser apenas um garganteador, até porque conversamos durante os exercícios na academia que frequentamos e eu nunca pedi prova, nem jamais fui ao estacionamento checar se era verdade. Sei, por informação do próprio, que reside sozinho na cobertura do Ventura, que de minha varanda indiscreta meus olhos não alcançam — para ele, não passo de mais um homem-formiga —, e imagino que essa quantidade de automóveis de luxo ele deva guardar na mansão em que com certeza moram os pais, mantendo um ou outro à sua disposição na garagem do prédio.

Se há algo que junta um José ao outro é a religiosidade, encontro que se deu por vias inversas, ou seja, caminhando um na contramão do outro. José Farto me disse que era ateu, que não se preocupava com as coisas do espírito, que fora filho-de-papai, do tipo que teve tudo o que quis, mas que em dado momento "viu a luz" e "encontrou e aceitou Jesus". Passou daí por diante a dedicar-se à religião e hoje é pastor de uma igreja que ele mesmo fundou. Um sacerdote um tanto quanto exótico, que leva os seguidores a enfrentarem desafios que os colocam à beira da morte, como subir altos morros sem qualquer proteção. Costuma chegar de helicóptero nos cultos em que, segundo me diz — e por isso eu admito que possa ser um contador de vantagens —, arregimentariam milhares de fiéis em grandes estádios de futebol.

Seu quase homônimo — talvez eu devesse dizer seu antônimo — nasceu católico e se converteu ao neopentecostalismo depois de uma longa passagem pela prisão, acusado e condenado por tráfico de drogas. Ele me fez juras de que a droga, pouca, destinava-se a seu próprio consumo, mas traz na pele a cor da ilicitude, o que permitiu ao juiz presumir que a substância que portava se destinava mesmo à mercancia. Suponho que tal presunção esteja redigida na lei, ao menos nos manuais da polícia, e estou certo de que esteja inscrita nos espíritos da maioria dos juízes.

Também José Falto viu Jesus, o que me conduz a raciocinar que devo ser o único que nestes sessenta anos de existência jamais o tenha visto. Doutrinado por religiosos que costumavam visitar o presídio, tornou-se um deles. Nas noites de culto, ele veste um dos ternos velhos que lhe dei e vai ao templo, carregando a Bíblia sob o braço.

Confidenciou-me que no trabalho das entregas carrega consigo um revólver, mas fez questão de me tranquilizar dizendo que se trata de arma abençoada pelo pastor da igreja que frequenta. Adverti-o de que jamais traga tal objeto para dentro de meu apartamento, sob pena de não mais o contratar. Ele me devolveu a sentença de que falta Deus em minha vida, pois com fé eu compreenderia a importância de possuir uma arma para minha autodefesa. Não entendi a lógica do raciocínio e me esforcei para me manter calado.

José Farto também teve problemas, uns poucos, quase nada, com a ordem jurídica. Tinha vinte e quatro anos de idade quando, dirigindo embriagado seu primeiro Porsche, atropelou uma garota que havia acabado de descer do ônibus, na volta da escola, e atravessava a pista caminhando sobre a faixa de pedestres. Era noite, ele vinha em alta velocidade, não viu a lombada, que só serviu para projetar seu veículo, muito menos o corpo humano de quinze anos de idade à sua frente. Eu me lembro desse fato, foi há meia dúzia de anos, porque me chamou a atenção a manchete que um dos principais jornais do país deu a respeito: "Porsche mata garota que atravessava rua". Discute-se até hoje se teria agido com dolo ou culpa o veículo assassino.

Detido o motorista e levado à delegacia de polícia, as autoridades tomaram-lhe depoimento. A mãe, que comparecera à repartição assim que avisada, disse ao policial responsável que o filho apresentava uma lesão no queixo e ela teria de levá-lo a um hospital, o que foi autorizado de imediato, pois, afinal, a tez alva da família e o saldo bancário — também deve estar na lei — fazem incidir de modo inquestionável a conhecida presunção de inocência. Diligenciando junto ao hospital, os policiais descobriram que lá ele sequer dera entrada.

Dois dias depois, José Farto compareceu com uma plêiade de advogados perante uma juíza e acabou liberado, dentre outras razões, porque o clamor público não justificava a prisão de ninguém. Para tão nobre finalidade jurídica, o fidalgo foi tomado por ninguém. Fosse ele ladrão de desodorante, quem sabe fosse alguém digno dos rigores da lei. Passaram-se esses anos todos e ainda não se tem notícia de que tenha havido o julgamento, perdendo-se o curso do processo em intermináveis discussões sobre se o rapaz deve ser julgado por sete cidadãos comuns, iguais a ele, os jurados, ou por um juiz de carreira.

A semelhança dos nomes deve ter traçado a sina comum de ambos. Dias atrás, os jornais e telejornais trouxeram notícia que bem o demonstra. José Farto recorreu a um serviço de aplicativo para adquirir refeição pronta e, pelo interfone, pediu ao motociclista que subisse ao seu apartamento para entregar-lhe o pedido. O entregador era o seu quase homônimo da vila Baldo, que, cumprindo ordens de um patrão invisível, recusou-se a levar a encomenda até à porta do freguês. Farto não gostou da negativa do outro José e não quis compreender as limitações do rapaz, seu vizinho do Brasil de baixo, a quem, por evidentes razões, sequer conhecia. Como insistisse para que o xará subisse até a cobertura, este cumpriu a regra e levou o pedido de volta ao restaurante.

Falto de sensatez e farto de ódio, o abençoado religioso foi à caça do recalcitrante. Viu-o quando desceu, não para pegar a encomenda, mas com a pretensão de dizer-lhe o que considerava umas verdades. O outro, no entanto, já saía com a motocicleta e Farto correu à garagem, decidido a apanhá-lo onde quer que pudesse alcançá-lo. Suponho que tenha ido com o mesmo carro assassino da vez anterior, quiçá um modelo mais recente.

— Cadê o vagabundo? — gritou Farto com a moça do caixa assim que chegou ao estabelecimento.

Ao reconhecer José Falto caminhando pelo local, com a caixa térmica nas costas, não pensou duas vezes. Apontou-lhe a arma e fez um disparo frontal. O entregador foi ao chão e, sangrando, manchou de vermelho o pavilhão, até então impecável na higidez reluzente. Ferido no ombro esquerdo, Falto teve a esperteza necessária para sacar a arma benta que carregava na caixa de entregas. Levantou-se vencendo as dores e alvejou seu algoz pelas costas, enquanto fugia. José Farto foi também ao solo.

A ambos Deus resolveu poupar. Optou por acrescentar a cada um dos Josés, indistintamente, algum tempo extraordinário de vida. Por bondade é que não haverá de ter sido; decerto, porque não quisesse nem um nem outro ao seu lado. E, pelo jeito, tais companhias tampouco fossem do gosto do supremo pontífice dos infernos.

TIPOGRAFIA:
Playfair Display (título)
Untitled Serif (texto)

Dedico à memória daqueles que me concederam meu bem maior, a vida: meu pai Ildefonso (Nego), a quem mal conheci (faleceu aos quarenta anos, quando eu tinha quatro e meio), e minha mãe, Apparecida, que me nutriu dos valores e das forças necessárias para lutar pela sobrevivência e aqui chegar;

Aos que me dão alento para viver: minha esposa Luciana, meu filho Estêvão, minha irmã Eliana, e à memória daquela que partiu tão cedo, mal havia acabado de chegar, minha filha Mariana;

A todas as professoras e professores, responsáveis fundamentais por esta conquista, os quais homenageio nas pessoas dos primeiros, os do "curso primário", Rosa Maria Macluf Carravero (Dona Rosinha, a primeira professora), Mary Odette Pellegrini Jacovelli (Dona Meire) — que me cobraram as primeiras "composições", embriões dos textos literários de hoje —, Célia da Cunha Cruzatto (Dona Celinha) — que me introduziu no mundo das ciências —, Antônio Gustavo Alves Rodrigues (Seo Gustavo) — que me apresentou ao raciocínio abstrato da matemática —, e, *in memoriam*, os saudosos Maria Luisa Teixeira de Moraes (Dona Maria Luisa) e José Hypólito Fernandes de Castro Carvalho (Seo Zé Hypólito).

123